灘校物語

和田秀樹

CYZO

灘校物語＊目次

イラストレーション　丸山一葉
ブックデザイン　鈴木成一デザイン室

灘校物語

第一章　ヒデキ、灘中を志望

キーーーン。

ヒデキの打ったボールが珍しく遠くへ飛んで行った。

「やばい！」

ヒデキは焦った。ボールは綺麗《きれい》な放物線を描いて、斜め向かいの家の庭に落ちて行った。

「兄ちゃん、どうしよう？」

マサキが心配そうにヒデキの顔を覗《のぞ》き込む。小さい頃から勉強のできが悪く、ヒデキにとって「恥ずかしい」「アホな」弟だった。しかし、他に遊ぶ相手のいないヒデキには、ゴムボール野球の唯一の相手でもあった。

ボールの入った家は丹念に手入れされた庭がご自慢で、おばちゃんはなぜだか知らないが、外で遊んでいる子どもが大嫌いだった。ヒデキは同じようにボールを取りに行って説教をされた近所の子どもを何人か見ている。

そこで〝ビビリ〟のヒデキは、母親を連れて行くことにした。

「うちのバカ息子が、ほんまにすみません」

しっかりと謝る母に、そのおっかないおばちゃんはヒデキを横目で見ながら聞いた。

「息子さん、おいくつ？」

「小学4年生です」

母親が答える前に、ヒデキはおずおずと自ら答えた。

「4年生やのに、外でボール遊びばっかりしてるから、一人で謝りにも来れへんのんちゃうん？　もっと勉強してしっかりせな」

「お言葉を返すようですが……この子はクラスでいつも一番です」

母親は気が強かった。ただ実際、ヒデキは成績がよく、勉強しなくても公立の小学校のクラスでは一番から落ちたことはなかった。

「ほんならなおのこと、もっと勉強して賢くならな。県立の学校行っとっても、良くて神大《しんだい》や。灘に入ったらビリのほうの成績でも東大や。そんな学校、日本中どこ探してもない。オタクはどっちに行かせたいの？　うちの子は『東大行きたい』って自分で言うて、灘に行ったんや」

「ナダ？」

ヒデキは思わず聞き返した。

「そうや、灘は日本で一番の学校や」

おばちゃんは、息子の自慢をしたいだけのようにも思えたが、その後にこう言った。

「うちで塾をやってるから、私が灘に入れてあげるわ」
その不意な言葉にヒデキの母親も、思わず「お願いします」と頭を下げていた。
ヒデキはこのとき灘という学校を初めて知った。

「十で神童、十五で才子、二十過ぎればただの人」という故事もあるが、小学校の頃から勉強ができたヒデキは、学校の先生や近所の人から「神童」と呼ばれていた。ヒデキ自身も自分を天才だと思っていた。成績がイマイチの弟マサキには、時に「天才ヒデキ様」と呼ばせていたくらいだ。

小学校では、授業のレベルが低すぎてあまりにもつまらないので、ウロウロと教室中を歩き回っていた。授業中でもヒデキは席に座っていられなかったのだ。

母親はそんなヒデキを「この子は、もっとレベルの高い学校にやらないといかん」と考えた。

それ以降、ヒデキは転校の多い少年時代を送ることになった。

母親が授業のレベルが低いと考えた学校は、わずか1学期でやめて、親戚に頼み込んで住民票を取り、大阪でもっともレベルが高いとされる公立小学校に越境入学することになった。

ところが、小学校の2年になる直前に父親の東京への転勤が決まり、練馬の新興住宅地に転校となった。新興住宅地ゆえか、教育レベルは決して高いと言えない上、関西弁を使うヒデキはいじめの対象となった。それに腹を立てた母親は、関西系企業の社宅の多い千葉県の津田沼の社宅への転勤を画策し、結局小3から、そこに移り住むことになった。

さらに再び父親の転勤で大阪に戻ることになってからも、阪急の武庫之荘《むこのそう》から東灘区の社宅への転居があり、都合5回の転校を経験することになった。

そんなヒデキが小2のとき、父親の転勤により転校した練馬の学校でも、クラスでトップだった。小3のときに通い出した算盤《そろばん》塾でもダントツだった。暗算問題に向かうと、自然に算盤が頭に思い浮かぶようになっていた。

ただ、いくら勉強ができても、その生意気な性格が災いして、大人に好かれるタイプではなかった。それでも、小3のときの担任のツボイという女教師はどういうわけかヒデキを可愛《かわい》がった。

「ヤダ君、君、学校の勉強がつまらないでしょ?」

ヒデキは正直にこくりと頷いた。

「私、考えたんだけど、新聞を作ってみたらどうかな?　ヤダ君なら面白いものができると思うわ」

この言葉に気をよくしたヒデキは、張り切って「壁新聞」を作った。この新聞は大人のみならず、同級生からも好評だった。あまり周囲とは馴染《なじ》めなかったヒデキは、これによって、自分の居場所ができたような気がした。

それでも飽き足らなくなったヒデキは、今度もツボイ先生のすすめで「ガリ版刷り」にチャレンジした。手先は不器用だったが、なんとか新聞らしいものができた。これも周りから褒められたので、ヒデキは、「将来、新聞記者になろう」と思った。

この頃から、ヒデキは新聞を熱心に読むようになった。

時の首相は佐藤栄作。

ある漫才師のネタに「首相の家の扉をあけると『コーガイ、コーガイ、アンポハンタイ、オキナワヘンカンお前が悪い』と聞こえてくる」というのがあった。

ヒデキはこのネタを周りによく披露した。大人には大ウケだったが、同級生はみんなキョトンとしているだけだった。

小4の途中で、父親の転勤とともに大阪に再び戻った。1970年の大阪は万博景気で浮かれかえっていた。

ところがその翌年の冬、アメリカの圧力により、「1ドル360円」と固定されていた円のレートが初めて切り上げられることになった。これで、好景気に浮かれていた日本中が一気に不安に包まれることとなった。

当時のマスコミは、1ドルが330円くらいになると予想していたが、ヒデキは納得できなかった。

「そんな甘いレートをアメリカが許すわけがないわ。20%はやりすぎやろうから、17%くらいの切り上げになるはずや」

ヒデキは塾の先生や周囲の大人に向かって、こう公言していた。誰もその言葉に耳を傾けず、おばちゃん先生も「面白いことを言う子やね」とヒデキの話を適当に聞き流していた。

ところが、蓋をあけてみると16・88％の切り上げ。1ドルは308円になった。

まぐれ当たりとはいえ、「日本の新聞記者や経済学者はアホ揃《ぞろ》いや」とヒデキは思った。自分が政治家になるのも悪くないと考えるようになっていた。

ところが、おばちゃん先生が「うちの子も言い当てていたわ」と言い放つと、ヒデキはそれを信じなかった。そして、こんな嘘《うそ》つき先生がいる塾ではとても灘に入れそうにないと思い、「別の塾を探してくれ」と母親に泣いて頼み込んだ。

母親はすぐに別の塾を探してきた。

おばちゃん先生の塾では、ちゃぶ台のような机を囲むようにして4、5人の生徒に勉強を教えていた。それに対し、母親が新たに見つけてきた「タブチ塾」はちゃんとした教室で、30人くらいの生徒が、長机に向かって勉強していた。黒板も備え付けられている。

タブチ塾での授業の半分は、旅人算や時計算、差集め算のような小学校では習わない算数の文章題を教えるのが主だった。もう残りの半分は、その授業で習ったことをタブチ先生が独自に作ったテストで試す形式のものであった。

そして、このテストを解いた枚数が多ければ多いほど優秀だとされる、不思議なスタイルの塾だった。テストの合格点は80点。

「100枚合格すれば、灘中の算数のテストでも楽勝だ」とタブチ先生は言っていた。

おばちゃん先生塾よりレベルは高かったが、〝天才〟ヒデキにとっては一度習ったものであればどんなテストも楽勝だった。次のテストでは必ず合格し、以降も枚数をどんどん積み上げていった。

小6の終わりまでには、100枚はできるとヒデキは思っていた。

ところが、タブチ塾には小5の時点で100枚を超えるバケモノがいた。

その子は、小学生ながら170センチを超え、真っ白い顔をしていた。

ナガタコウ。

頭のいいやつは名前からして風格を漂わせていた。ヒデキが「自分より賢い」と思った人間に出会うのはコウが初めてであった。

灘中に入れば、こういう人間ばかりがいるのだろう。

コウがどんな人間なのか、ヒデキは興味津々だった。しかし、喧嘩《けんか》が弱いくせに生意気でいじめられっ子だったヒデキは、コウのように身体《からだ》の大きなタイプは苦手だった。それ以上に、コウが放つその不思議な威風に圧倒され、とても自分から声をかける気にはなれない。

ところが何回か塾に通ったある日、コウのほうからヒデキに声をかけてきた。

「君、新しく入ってきたヤダ君だよね?」

「そうやけど」

「ここの勉強、退屈じゃないかい？」

「え、お前もそう思うの？」

この天才も、ヒデキ同様、普通の子どもたちと一緒に勉強するのがつまらなくて仕方がなかったのだろう。コウはさらに続けた。

「僕は灘に入るという目的があるから、つまらないと思っても、テストを受け続けているんだ。ニーチェも『目的を忘れることは、愚かな人間にもっともありがちなことだ』と言っているからね」

「ニーチェ」という名前が授業のどこかに出てきたかと、ヒデキは考えあぐねた。ヒデキは、父親も母親も無教養な家庭に育ったこともあり、その有名な哲学者の名前をまったく知らなかった。

「うん、そやな。頑張るわ」

そう答えるのがやっとだった。

その後、ヒデキは合格テストの枚数を順調に増やしていったが、コウもテストに毎回合格するので、二人の差は一向に縮まらなかった。

その冬、ヒデキはコウの異様さを、改めて思い知らされることになった。

当時の小学生は、冬でも半ズボンをはくのが当たり前だった。ヒデキの母親にいたっては「いい家の子は半ズボン」という変わった考えすらもち、ヒデキはどんなに寒くても半ズボンだった。東京から阪神圏に戻ってきたときには、関西の冬が東京より暖かく、半ズボンはまったく苦ではなかった。

ただ、そうはいっても冬なのでセーターもコートも着る。父親が紡績会社に勤めていたこともあって、冬の服装についてはクラスのみんなより上等の洋服を着ていた。ところがだ。

「コウ、寒ないんか？」

なんとコウは冬でも半ズボンだけならまだしもシャツも半そでなのだ。コートどころか上着も、セーターも着ない。コウの真っ白な顔、腕、脚はますます白く見えた。

「そんなに寒いかな。本読んでれば気にならないよ」

手をかじかませているヒデキにコウはそう言った。

「寒いわ」とは言い返せなかった。コウがあまりに天才なうえに堂々としているので、彼のほうが正しいように思えてしまった。

小5の2月、ヒデキはさらにショッキングな事実を知った。

当時の灘中は2月の半ばに2日間に渡って入試が行われ、試験の翌日に合格者が発表されていた。そして、この年のタブチ塾からの灘中合格者はゼロだった。たしか、テストに合格した枚数が100枚を超えれば、「楽勝のはず」だったのにだ。

100枚合格した秀才はその年にはいなかったのかもしれないが、そんなことになるとは、ヒデキは想像もしていなかった。

もしかしたら、あのコウですら実は天才ではないのかもしれない。

灘中受験まで、あと1年しかない。こんな泥船に乗っていたら、灘中には合格できない！

「お母ちゃん!!」

ヒデキはまた母親に泣きつき、新しい塾に通うことになった。

孟母三遷《もうぼさんせん》とはよく言ったもので、母親はすぐに別の塾を探してきた。

今度の「サカグチ塾」は、A組に入れば生徒の半分が灘中に、残りの半分が二番手校である甲陽学院中に合格するという名門塾だった。

ヒデキが小6の4月、母親はもう息子の合格を確信していたのか、灘に近い、東灘区にある父親の会社の社宅に転居することを決めていた。

灘は私立の学校なので、「学校の近くに住んでも意味がない」と聞いていたが、母親は少しでも学校の近くに住んでいるほうが、受験の際には配慮してもらえると本気で考えていた。

ヤダ家はそれまで阪急沿線に住んでいたのだが、社宅は「ちょっと下流」と思われた阪神沿線にあった。

「これやったら、都落ちや」

あずき色の阪急電車が上品だと考えていたヒデキは、ド派手な色の阪神電車に乗るのがすこし嫌だった。

サカグチ塾は、新しい社宅から通うのに1時間以上かかる。そのため、小学校から自宅に帰って、そこから塾に向かうとすると、塾の授業の開始時間に間に合わない。

そこで、そのときは自動車はおろか自転車にも乗れなかった母親が動いた。

40歳を過ぎていたにもかかわらず、自転車を買ってきたかと思うと、ヒデキとマサキに乗る練習の手伝いを命じたのだった。

命令に従って無邪気に母親の自転車を押すマサキと違って、ヒデキはそんな家族の姿を他人に見られるのが恥ずかしかった。

ヒデキは体育の成績が常に1か2の運動音痴だったが、母親はスポーツ万能を自負していた。

「戦中、戦後は自転車が家になかったから乗れなかっただけや」

そう言った母親は、あっという間に自転車を乗りこなすようになった。

「ヒデキのためにこの自転車で学校と駅の送り迎えをやるわ」

確かに小学校の校門から、急行の停まる阪神芦屋《あしや》駅まで自転車で送ってもらえれば塾の開始時間に間に合う。間に合うのだが、小6のヒデキには、母親の自転車の後ろに乗る姿を見られることはとてつもなく恥ずかしかった。

それに、ヒデキはこの小学校のいじめっ子から目をつけられていた。

その前に通っていた学校でも「東京帰りで東京の言葉を使う生意気なやつ」と言われていた。そのうえ、スポーツの盛んな学校だったので、体育がからっきしダメだったヒデキは仲間外れにされていたのだ。

しかし、神戸市の東端にあるこの小学校は、「怖さ」のレベルが違っていた。

喧嘩がめっぽう強いフカタという男がいたからだ。自分に逆らうやつはみんなが見ている前で平然と叩《たた》きのめした。

また、小学校といえど、一度弱いやつと思われれば教師でもいじめに遭った。新任の音楽の女教師などは、それで教師を辞めたほどだ。

小学校だけでも5回転校したヒデキだったが、今回はこれまで経験したことのないような「暴力が当たり前」の学校だった。

だが、ヒデキはもっと恐ろしい話を聞かされた。

この小学校の校区の生徒が進学する公立中学校には怖い番長グループがいて、喧嘩が日常茶飯事になっているという。さらに、男で勉強ができるやつほど、この番長やその子分にボコボコにされる。だから学年成績の1番から20番までは、すべて女の子だというのだ。

そんな荒れた地域の小学校で、学校が終わるとすぐに塾に行く。それも母親の自転車に二人乗りをして行くなどということがバレたらどんなかたちで袋叩きにされるかわかったものではない。

「フカタにうまく取り入ればいいんや」

ただ、ヒデキも度重なる転校で、知恵がついていた。こういうときはとにかく一番強いやつと仲良くなることだ。そうすればいじめられなくて済む。

「喧嘩が強い人間は本当はいちばん頭がいいんやと思う」

フカタにはそうおべんちゃらを言った。さらにヒデキの親戚のおじさんが山口組の田岡組長の息子と慶應の高校で同級生だったので、今でもとても仲がいいという話をでっち上げた。

一方のフカタも東京の話をいろいろすると、どういうわけか強い興味を示してくれた。かくして、塾に通っていることがバレても、ヒデキはいじめに遭わなくて済んだ。

ただ、受験に失敗して、地元の公立中学に行くことだけは避けなければならない。

きっとフカタより強いやつがいっぱいいる。そうなったらすべて終わりだ。校則で丸坊主にでもさせられたらヒデキの絶壁頭もバレてしまう。

いじめの対象から逃れることなどとうていできないだろう。

そんな悪童のいる小学校に対し、母親が探してきたサカグチ塾はまさに「天国」だった。

この塾はサカグチ塾長の信念により、少数精鋭を貫いていた。40人のクラスが二つあり、成績順でA組とB組に振り分けられる。

なぜかヒデキは、最初からA組に入れてもらえた。

ガラの悪い子はいない。ましてや実力主義が徹底しているので、勉強ができるといじめられるどころか、尊敬のまなざしが向けられるくらいだった。

しかしながら、この塾で〝天才ヒデキ〟の鼻は見事にへし折られた。

タブチ塾では、コウだけが目の上のたん瘤《こぶ》だったのだが、ここではみんな顔つきが違う。

算数だけに特化していたタブチ塾と違い、サカグチ塾では国語も理科も教えてくれる。

そして、この塾でも毎回テストがあった。

テストが終わると名前が呼び出され、自分の名前と点数を大声で答えなければならない。

「アオキ、80点」

「アサイ、60点」

「アマノ、20点」

サカグチ塾長が怒りのこもった声で「ナニー！」と声を荒らげる。

「イウエ、１００点」

先ほどとはうってかわって機嫌のいい塾長の「よし！」という声が響く。

ヒデキは最後に呼ばれた。

「ヤダ、60点」

このとき、塾内にざわめきが起こった。

小5の初めから通うことが原則のこの塾では、ヒデキのように中途編入の子がいる。だが、東京の名門塾から転校してきた子でも、初回から60点は取れないらしい。

編入生のほとんどが鼻をへし折られてスタートするこの塾で、ヒデキがいきなり平均レベルに達していたことに周囲は驚いたのだ。

それ以降は80点の常連となった。80点をコンスタントに取れるようになれば、灘中の合格ラインに入ると言われていたので、またまた注目されるようになった。

テストには、1問だけサカグチ塾長が考えた難問が必ず出されていた。それがヒデキにはどうしても解けなかったが、毎回解く生徒が三人いた。ヒデキもそのなかに入りたかったが、どうしても入ることはできなかった。

「灘高が日本一の高校なんも、小学校のときの鍛え方が違うからや」

これはサカグチ塾長の口癖だった。

あるとき、兄が灘に通っているという黒縁眼鏡をかけたイケヤマが声をかけてきた。

「お前、ハゲコブのオッサンに好かれているみたいだぞ」

「ハゲコブってなんや?」

「塾長のハゲのなかにコブが見えるやろ」

「ホンマや」

「お前、新入りなのによく当てられるからな」

ヒデキは意識していなかったが、そうなのかもしれない。ヒデキはこの名門塾のなかで自分は「並の並」であると思っていた。並の並なら灘の合格ラインである。それでも、塾長に贔屓《ひいき》されるレベルにいるとは、さすがに自信家のヒデキも思わなかった。それと「ハゲコブ」というあだ名はヒデキにヒットした。イケヤマが発明したのだろうが、ヒデキは、友達が増えるごとに「ハゲコブ」を広めていった。

こうして、教師を陰であだ名で呼ぶことを、ヒデキはサカグチ塾で覚えた。

塾のテストは、算数と理科が毎回80点、国語がちょっとできなくて60点という日が続いた。するど、もっと伸びるかと期待の目で見ていたサカグチ塾長も、あまり声をかけてこなくなった。

ヒデキには塾帰りに楽しみにしていることがあった。たこ焼きだ。塾のある門戸厄神《もんどやくじん》の駅前にライトバンが売りに来ていたのだ。

「オッチャン、たこ焼きひとつ！」

オッチャンに100円払うと、12個入りのアツアツのたこ焼きが出て来る。

授業が終わる夜の8時半に、ペコペコのお腹《なか》でみんなと食べるたこ焼きの味は格別だった。

「ウマイわぁ。やっぱり日本一の塾には、日本一のたこ焼き屋が来るんやな」

大阪からわざわざ通ってきているヤスモトは、サカグチ塾に誇りをもっていた。

「外がカリカリで、なかがフワフワなんは、ここだけや」

ヒデキも上機嫌だ。

「キッチリ！」

イケヤマは食べ終わると必ずこの声を発する。口癖でもあるようだが、同時にみんなの帰りのサインでもあった。

電車に乗って、母親が待つ駅に着くと9時半くらいになる。

この頃から「子どもが夜遅くまで塾通いをさせられている」という批判がポチポチと出始めていたことは、新聞を丹念に読むヒデキも知っていた。

でも、子どもながらに夜遊びをしているような楽しみにひたっていたと思う。少なくともサカグチ塾の生徒は、そんな生活をひどいことだとは誰も思っていなかった。

なかなか成績が上がらないヒデキだったが、発奮させられる出来事がゴールデンウイーク中に起こった。

イケヤマとヤスモトに灘校の文化祭に誘われたのだ。

毎年20人ほど灘中に合格させてきたサカグチ塾では、「東大の数学の入試問題を30分で解く高1がいる」「中学生で英検一級に合格する天才がいる」など、いろいろな噂話は聞いたことがあった。しかし、肝心のスクールライフの実態はいまいちつかめていなかった。

「兄ちゃんがたこ焼きおごってくれるって」

イケヤマには中3となる兄がいたが、ヒデキの身内には私立の中高一貫校に通った人はいなかった。

おばちゃん先生の自慢の息子をチラ見したことはあったが、実際の灘校生とは会ったことも灘校に行ったこともなかった。

「どんな人が通ってるんやろ」

ヒデキが住んでいた芦屋の社宅（芦屋市でないのに、社宅の住人はみんなそう呼んでいた）の最寄り駅は阪神深江《ふかえ》駅。そこから二つ先の魚崎《うおざき》駅で降り、六甲山系を眺めながら住吉川を10分ほど北上して行くと、灘校に到着する。

「ここが灘か」

「第××回　灘中学校・高等学校　文化祭」と書かれた派手な看板が入り口に大きく掲げられていた。

黄土色の門に囲まれた校舎は思ったよりも大きくなかった。中学生も高校生もいるとはいえ、中学が各学年3クラス、高校が各学年4クラスしかない少人数制の学校だからであろう。

何よりヒデキが驚いたのは、校舎も思ったより古く、綺麗でないことだった。

ヒデキの母はよく、「灘は私立やから学費がかかるからなぁ。お金貯めておかんと」と言っていた。こんな古い校舎だったら、いったい何に学費を使っているのだろう。

文化祭ということもあって、灘校生がたこ焼きや焼きそばを賑《にぎ》やかに売る姿は神々しく見えた。こんな小さな学校なのに、多くの人でごった返していることにヒデキは驚いた。

「すごい！　まるでお祭りや」

興奮気味のヤスモトは、文化祭の「祭」の字が祭りということに気がついていない。

「文化祭やねんからそりゃお祭りやろ」

ヒデキは軽いツッコミを入れながら、横目で、すれ違う女子中学生の後ろ姿を追った。

「めっちゃ可愛いやん、あの子！」

イケヤマがそう叫んだ言葉には、ヒデキも心の中で激しく同意した。日本一と呼ばれる灘校の文化祭には、日本一の頭脳を持った男子生徒を狙う女子学生がいっぱい来ている。

この古びた校舎には似合わない、キラキラした女子学生たちが、そこかしこで灘校生と立ち話をし、連絡先を交換し合っていた。ヒデキは、どこの学校がどんな制服なのかはまるで知らなかったが、「神戸女学院」の名前だけは知っていた。

神戸女学院は灘校と並ぶほどの偏差値の高さを誇る、京阪神一のレベルを誇る女子校である。サカグチ塾長は「灘と神戸女学院以外は認めない。制服を着なあかんような学校に行くやつはアホや」と平然と言い放っていた。

灘と神戸女学院の両校だけは中学校から私服通学が許されていたのだ。Aクラスに一人だけいた女子生徒のユカも神戸女学院を目指し、テストではいつも80点以上を取る秀才であった。

生徒がイマイチいけていない灘とは違い、神戸女学院の女生徒と思《おぼ》しき彼女たちは、見た目も華やかで可愛らしかった。と言うよりも、ある程度自分の「見た目」に自信がある女子しか、男子校の文化祭には来ないのかもしれない。

驚いたのは、そんな女の子たちと話している灘校生が、たいしてかっこよくもなく、服装もイケてないことだ。

「やっぱたこ焼きはオッチャンのが日本一やな」

「キッチリ！」

イケヤマの兄がごちそうしてくれたオッチャンのと比べると数段落ちるたこ焼きを食べ終えると、ヒデキは女装をした二人組の灘校生が、とびきり可愛い制服の女の子たちに果敢に話しかけているところを見かけた。

薄いブルーの制服の女の子二人組のうち、一人は女優の岡崎友紀に少し似ていた。

灘校生は、このチャンスを逃すまいと、取れかけたつけまつげをバサバサさせながら必死に二人の女の子たちに笑いを取りに行った。女の子たちもまんざらではないようだ。

「制服を着なあかん」子でも可愛い子は可愛い。

ヒデキもイケヤマもヤスモトもその一連の様子に目が釘付《くぎづ》けとなった。

そして、最後には、二人の灘校生はちゃっかりと女の子たちの連絡先をゲットしていた。

「灘、すごいな……」

関西では面白いやつがモテるとされるが、灘校生だからモテるということもあるのかもしれない。

「灘校」というブランド力だけで可愛い女の子からチヤホヤされる。そのことに小6で気づけたのはヒデキにとってラッキーだった。なんとしても灘校に入ると決意したのである。

「ヤダ、俺は灘校に入るぞ！」

「俺もや！」

帰り道でイケヤマとヤスモトはそう宣言した。

「おう、一緒に入ろうや！」

女の子を〝餌〟としてやる気になるのも悪くないとヒデキはこのとき思った。

文化祭を機に、勉強に気合いが入ったヒデキだったが、塾に慣れた小6の1学期終わりに、初めて模擬試験を受けることになった。

アシヤ教育研究所がやっている京阪神の小学校を対象とした模擬試験である。

出された問題は、サカグチ塾のテストと比べると易しかった。ミスもたいしてしなかったが、国語のできはあまりよくなかった。

結果は2000人中125位。灘中を受ける小学生がすべて受けるわけではないので、まさにボーダーライン上である。

灘中に落ちて、怖いやつらのいる公立中学校に行くくらいなら、一つランクを落として甲陽学院中学を狙うという手もあった。だが、甲陽は丸坊主にならないといけない上に制服を着なければならない。

ヒデキはそれほどおしゃれにこだわるタイプではなかったが、それでも思春期に入りかけの男子学生である。多感な時期を絶壁頭の丸坊主で過ごすのはなにがなんでも嫌だった。

また、この前の文化祭で灘校生のモテっぷりを見たこともあり、長髪が自由どころか制服すらない灘中はまさに魅力的な学校に映った。

サカグチ塾でもヒデキは相変わらず伸び悩み、悪くもないが良くもない成績が続いていた。

算数のテストでは毎回4、5人が100点を取るのだが、そのなかのひとりだけが常に100点の常連であった。

それがイウエだった。目鼻立ちがくっきりしていて、その頃のテレビのカレーのコマーシャルによく出ていたインド人の子どものような顔をしていた。身長もヒデキより10センチも高い。

ちなみにヒデキが満点を取ったのはたった一度だけだ。

そして、イウエの模試の結果にヒデキは衝撃を受けた。

京阪神で2番だったのだ。

「ホンマすごいな！」

イウエはちょっと近寄りがたい雰囲気を持つ天才少年だが、ヒデキは本当にすごいと思って、思わず声をかけた。

「たまたまだよ」

イウエはクールな顔で答えた。

その2週間後、今度はイクエイ社の模試があった。こっちは西日本規模であった。

これがヒデキに幸いした。

受験熱の高い京阪神だけでなく、中国地方や九州の受験生も受けるので、問題がアシヤ教育研究所と比べてずっと易しいのである。

ヒデキには算盤塾で鍛えた計算力もあり、試験でミスをすることは少なかった。難しい問題ばかりやらされるサカグチ塾と違い、タブチ塾でいつも100点を取っていたような問題ばかりだったので、これならイケると思った。

すると、なんと結果は3000人中2番だった。

「ヤダ、ようやった」

サカグチ塾長もご機嫌だ。これで自分もイウエに並んだかとヒデキは思った。

しかし、その直後に、そんな喜びを吹っ飛ばす衝撃の事実が判明する。

「イウエ、お前はさらにようやった」

その模試で西日本1位となったのは、イウエだったのだ。

易しい問題ならイウエにも勝てると思ったのに、彼は易しい問題でもミスをしない。怪物小学生の実力をまざまざと見せつけられた。

「ホンマすごいな」

ヒデキは悔しい気持ちを抑えながらも声をかけた。

「たまたまだよ」

またイウエはクールな顔で答えた。


ところが、その一か月後に奇跡は起こった。

第2回アシヤ模試でヒデキは京阪神で1番になったのだ。対するイウエは9番。イウエに勝った。「天才ヒデキ」はサカグチ塾でも健在だと思った。

すると、周囲の反応も変わった。

この模試以来、サカグチ塾長は「ヤダ」「ヤダ」としきりに声をかけてくるようになった。「易しい問題なんか解けても灘中には受からん。うちのテストをクリアせんとな」と豪語していたのに、模試の成績が良ければ、露骨に贔屓するハゲコブは信用ならんとヒデキは思った。

その後もヒデキは模試で常に20番以内に入った。しかし、サカグチ塾のテストではときどきしか満点を取れない。

サカグチ塾長が作った難問にはまったく歯が立たない。そこがイウエとヒデキとの違いだった。

それでもヒデキが好成績を残したことは思わぬ副産物を生んだ。

いつもヒデキがアホ扱いしていた弟のマサキは、タブチ塾でもついていけずに中退。すると、サカグチ塾長が「ヤダの弟やからやればできるやろ」と、試験を受けることなく入れてくれたのだ。しかもA組にだ。

それほど〝天才ヒデキ〟は、灘中に確実に受かる生徒として評価されていた。


自信にあふれていたヒデキだったが、一度だけ灘中不合格の不安がよぎったときがあった。

それはヒデキにとって、短い人生のなかで最大のショックともいえる事件であった。

ヒデキは、小さい頃に母親の兄の家で育てられたことがある。産後の肥立ちが悪かったのか、ヒデキを出産したあと、母親は目が見えなくなって入院した。その後も静養が必要ということでヒデキは母親の兄一家に引き取られた。

さらに母は、マサキを妊娠してつわりがひどくなった。このマサキの首が据わるまでの約2年間、ヒデキは伯父のもとで育てられた。

目がクリクリと大きく可愛い顔をしていておしゃべりなヒデキは、伯父の家が娘二人で男の子がいなかったこともあり、特別可愛がられた。

また、ヒデキもだんだん美しくなってくる、女子高校生の娘二人に可愛がってもらえるのは、子ども心に嬉しかった。

母親の体調が落ち着き、家に戻ることになっても、ヒデキは週に一、二度伯父の家に遊びに行っていた。そして、たんまりとおもちゃを買ってもらって帰ってくるのだ。

ただ、伯父との蜜月状態はあっという間に終わりを迎えた。

父親の転勤に伴って東京に引っ越すことになった際に、東京をよく思わない伯父と母の間に溝ができてしまったのだ。

それ以来、伯父の家に行くことは極端に減った。しかし、小4で東京から大阪に帰ってきたとき、何かのきっかけでまた伯父の家を訪ねると、何もなかったかのように一家の歓待を受けた。

その後、受験勉強が忙しくなり、伯父の家には3か月に一度くらいしか行かなくなっていた。ただ、受験直前の正月には伯父を訪ね、一緒に初詣に行った。

帰りには、寿司屋で一緒に食事をした。

「ヒデキも灘に行くんやな。わしは戦争やらで大学に行けんかった分、頑張れよ」

伯父が酒好きなのは知っていた。この日、伯父は寿司を一口も食べずにお酒ばかり飲んでいた。

「お前は大きくならんといかんから、好きなだけ食べたらええ」

伯父はニコニコしながら、どんどん勧めてくれるので、ヒデキは言われるままに大好きな寿司を食べ続けた。

それからわずか2週間後、母親が血相を変えて帰ってきた。

「お兄ちゃんが血を吐いて入院した」

成人式の日だった。ヒデキは言葉が出なかった。

その翌日、あんなに元気だった伯父は亡くなった。カンコウヘンでジョウミャクリュウが破裂したらしい。当時のヒデキには何が起こったのかわからなかった。

葬式の日、もともと白かった顔がもっと白くなって伯父は花に包まれていた。

ヒデキは、初めて死んだ人を目の前にした。

「お兄ちゃん、男前やったからな」

気丈な母親は顔をぐちゃぐちゃにして泣いた。

次の日曜は、イクエイ社の模試だった。

問題は易しかったが、ヒデキには珍しくミスを連発した。

試験結果は174番。灘の定員は170人だ。

「落ちる!!」

ヒデキは運命というものの怖さを実感した。

だが、ヒデキの精神力は案外強かった。

とにかく落ちたら、怖いやつらがいる公立中学校に行かなければならないし、丸坊主にもならないといけない。

もうやるべきことはなにも残っていなかったが、ヒデキは自分のノートを何度も復習した。灘中入試問題の過去問は何回もチェックした。

「人生は誰しもいろいろなことがあるんや。お前は、絶対に受かる」

サカグチ塾長も受験直前になると優しかった。

次の入試直前の模試で、問題のレベルは高かったが、ヒデキは渾身《こんしん》の力をふりしぼって試験に取り組んだ。

「絶対に灘に入るんや」

結果は京阪神で2番。イウエは8番。

イウエに勝ったのは、これで3回目。3勝5敗である。怪物相手によく健闘したほうだ。

「伯父ちゃん、頑張るで」

ヒデキはそう自分に言い聞かせながら入学試験に臨んだ。

灘校に行くのは文化祭以来だった。緊張はしていないと思ったが、門をくぐった途端、緊張感に包まれた。そこはやはり子どもである。

門のそばに、サカグチ塾長が立っていた。

「ヤダ、お前には期待しとる。受かるのは当たり前やからトップを目指せ」

俗っぽいハゲコブと思っていたが、このときばかりはヒデキを安心させてくれた。模試の好成績もあって、自分だけを激励してくれていると思ったヒデキは、その声援でがぜん勇気が湧いた。

それに、周囲にいるよその塾の受験生たちがビビっているようにヒデキには見えた。おかげで受験にも余裕をもって取り組むことができた。

「受かった」

算数の1問目が思ったより早く解けたことで一気にプレッシャーは吹き飛んだ。苦手の国語も、いつもより解けた。理科に関しても満点に近いできだった。

「算数は満点や。1番になれるとええんやけど」

「あら、そう？　お赤飯でも炊いておこうかしら」

心配そうな母親に、ヒデキはそう豪語した。

あつかましくも、ヒデキにとって合格するのは当然だった。関心は何番で受かるかにしかなかった。

灘に1番で受かったら、政治家の道を本気で目指そうか。それどころか総理大臣にもなれるのではないか。ヒデキはそんなことを考えるほど思い上がっていた。

そして、合格発表の日が来た。結果はもちろん「合格」。500点満点中420点。順位は5位。算数は200点満点中197点で満点ではなかった。合格をサカグチ塾に報告しに行くと、23人すべてが合格していた。このときのサカグチ先生の顔は、ハゲコブの効果もあってか、後光が射すかのように輝いて見えた。

イウエの順位は2番だった。

「ホンマすごいな」

「たまたまだよ」

イウエはクールな顔で答えた。やはりあいつには勝てなかった。

その夜、ささやかな祝宴がヤダ家で催された。めったに帰ってこない父親もその日ばかりは祝宴に参加した。

「サカイのオッチャンに言うたら、一度遊びに来いってや」

サカイのオッチャンは、裁判官をしている父親の伯父である。息子三人を東大に入れているので鼻高々なのだが、他の親戚を見下すようなところがあった。

一度も会ったことのなかったサカイの伯父は、ヒデキが灘中に入ったと聞くと、自分たちの社会に入ってもいいと思ったのか、ヒデキと会いたいという。

つまり灘に受かるまでのヒデキは、サカイのオッチャンからは下々の者の扱いを受けていたわけだ。

「兄ちゃん、すごい！　ホンマ〝天才ヒデキ様〟やわ」

ヒデキにとってマサキは相変わらずお荷物だった。

マサキはサカグチ塾でもついていけず、ほとんどビリ同然だった。ヒデキは恥ずかしかった。

来年は辞めさせられるだろう。

「トーゼンや。アホなお前と違うからな」

こんなひどいことを言われても慕ってくるマサキを、ヒデキは可愛いとは思えなかった。

「あんたにもヒデキと同じ血が流れてるんやから、頑張れば来年は灘や」

そんな弟に唯一期待をかけ続けているのが母親だった。

「そうなると、ええなあ」

俗物の父親は能天気だった。

父親が会社でヒデキの灘合格を自慢していることは母親から聞いていた。

父親とマサキが一緒に街中を歩いていたとき、たまたま会社の人と出会った。

「ヤダはん、この子が賢いお子さんですか？」

「コイツはアホなほうの子でんねん」

マサキはこのときのことを根に持つようになり、何度もヒデキに文句を垂れた。父親にとっては息子が灘中に入るのは、ただの自慢のネタに過ぎないのだろう。

第二章

ヒデキ、成績がた落ちで絶望

「孔子という中国の有名な思想家の言葉に、『学べばすなわち固《こ》ならず』というものがあります。勉強すればするほど頭が柔らかくなるということです。君らは、灘に入るために勉強してきたと思うけど、東大に入るために灘に入ったんやないということを忘れないでほしい。勉強すればするほど、こうでないといかんと頑固になるんやなくて、いろいろな考え方のできる人間になってほしい。だから東大に入ることばかりを考える人間でなく、勉強することで頭を柔らかくしてほしい。新しく入った君らには、それを忘れんとってほしいんや」

確かに、偉いお坊さんでもあるという頭がテカテカの校長の言葉には威厳があったが、ヒデキには、入学式は、退屈そのものだった。

その後に行われた身体測定で、ヒデキは背の高いやつから声をかけられた。

「ヤダ君じゃない？」

その声も、風体も、特徴のあるこの男が誰かはすぐにわかった。

「コウやないか？　お前も受かったんか？」

「うん、16番だった」

コウは神戸で育ったはずなのに、まったく関西弁が出ない不思議なやつだった。

ニーチェを読むくらいだから、国語も独学で勉強したのだろう。

「ずっとタブチに残ってたん？」

「そうだよ」

ヒデキは絶句した。

あのオンボロ塾に残っているだけで気の毒に思っていたのに、そんな上位で合格していたとは。コウがサカグチ塾に来ていたら、ヒデキどころかイウエの存在も脅かしていたかもしれない。

「やっぱり、頭、良かったんや」

「入るだけなら簡単だよ。ヤダ君もそう思うでしょ」

発言の質が他の同級生と違う。コウはやはり天才だと改めて思い直した。

クラス分けが発表されると、ヒデキはコウと同じ2組になった。サカグチ塾のイケヤマとヨリスギ、イウエも同じクラスだ。

そのときに、自分が副級長になることも知った。成績順に選ばれるため、級長になったのはイウエだった。

級長は授業が始まると「起立！」「礼！」「着席！」と号令をかけるのだが、副級長は級長が休んだときの代わりに過ぎない。どういうめぐりあわせか、またもやヒデキはイウエ級長の添え物になってしまったのだ。


中学の最初の英語の授業で、ミスターモーリと呼ばれる英語教師はこう言った。

「中学生になったら、英語が始まります。でも中学の英語にはおかしいところがあります。３年かけてたった１０００語しか習わないんですね。ところが、高校の教科書では3年で５０００語も習う。トーキョーの大学に行きたいのなら、１００００語は覚えないといけません。通常は、中学時代のほうが記憶力がいいので、これはおかしいです。ということで、うちの学校では、毎年１０００語ずつやっていくことにします」

ミスターモーリは東大のことを「トーキョーの大学」と呼ぶ。これにはヒデキも素直に納得したが、ヨリスギが隣でつぶやいた。

「それって、中学の教科書を1年でやるってことやないの?」

確かにそうだ。いくら勉強に自信があっても、「飛び級」のないこの国で、2年も先の勉強ができるのか?　ヒデキも多少不安になった。

数学のコバヤシ先生も同じようなことを言った。

「合格おめでとう。君らのように算数のできる人間にとっては、中学の教科書なんかみても、屁《へ》のようなもんやろ。でも高校の数学はちゃうぞ。僕は3年で終えるのは無理と思てる。だから、中学の教科書は1年で終えて、高校の教科書を4年かけて教えてあげる。あとの1年は受験勉強に専念できるちゅうわけや」

確かに理想的な受験計画なのだろうが、受験勉強を終えてすぐに中1からハードスケジュールということになる。「東大に入る」というのはそういうことなのだろう。

実際、中1のうちに英語も数学も中3までを終えると教師に宣言されても、クラスメイトのレスポンスはほとんどなかった。それを皆が当たり前だと受け止めているのだろう。

自分のことを賢いと思い込んでいたヒデキもすんなりそれに納得していたのだ。

そういえば、春休みに会ったサカイのオッチャンもこんなことを言っていた。

「お前が灘に入ったのは、親族として、ほんまに嬉しい。ただ、灘に入ってもちゃんと勉強せんと東大には入られへん。それより大事なんは、東大に入るだけで満足してはいかんということや。官僚になって、政治家になってこそ、ほんまもんや」

ヒデキは多少、その気になっていたが、灘の勉強は確かに厳しいと思い知らされた。

あの後、ミスターモーリから、「NHKラジオの基礎英語を聴きなさい」という指示があったので、早速ラジオを親にねだった。ソニーのポータブルラジオだ。

これを聴いて「ながら勉強」をすると、受験生になった気分にひたれる。実は、ヒデキは以前からラジオの深夜放送が聴きたかった。「基礎英語」を口実に念願だった夢のひとつが叶《かな》った。

ヒデキがラジオに興味を持ったのは、大阪の小学校時代だ。同級生にシモタケというマセた男がいた。テニスがうまく、ラジオや女の裸が見られるテレビ番組にやたらと詳しかった。

「ヤダ、勉強ばっかしててもつまらへんやろ。ラジオでも聴いたらどうや?」

当時、ヒデキは夜の12時くらいまで勉強することも時々あったが、ラジオは聴いていなかった。しかし、この男によって、ラジオに強く興味を惹《ひ》かれることになる。

シモタケのお勧めはラジオ大阪の番組『ヒットでヒット　バチョンといこう!』。

11時から始まるような、深夜枠のこの手の番組は「トークがすごい」とシモタケは言う。

月曜日が桂春蝶《かつらしゅんちょう》、火曜日が正司敏江《しょうじとしえ》・玲児《れいじ》、水曜日が笑福亭仁鶴《しょうふくていにかく》、木曜日が浜村淳、金曜日が桂枝雀《かつらしじゃく》、土曜日がコメディＮｏ１という、当時としてはものすごく濃い面々の揃う番組であった。

ＣＭのとき以外、ラジオから離れられないトークバラエティで、本来はヒット曲をかける番組のはずなのだが、曲をかけるのはまさにオマケという他ない。シモタケがいつも、眠そうな顔をしていたのは、この番組を午前１時まで聴いていたからだ。

「眠いのは、ラジオを遅くまで聴いていた、罰《ばち》ヨーン」

小学生とは思えないジョークを飛ばすシモタケは、勉強こそできないが、少し大人に見えた。

こうして、ヒデキのラジオ・リスナーの手始めは、この『バチョン』となった。

ヒデキは、夜の10時くらいまでゴロゴロしていて、11時まで『ヤングタウン』、１時まで『バチョン』を聴きながら勉強をするという日課だった。そのため、結果的には勉強したことが頭に残ることはほとんどなかった。

灘での初めての中間試験で、英語は80点。クラスの平均点はなんと91点だった。

中学校の普通の教科書を使わず、代数・幾何と旧式のものを習っていた数学では、代数は95点取れたが、幾何は64点で赤点スレスレだった。

小学校のときはあれだけ図形の問題ができたのに情けなかった。やはり、灘中の数学というのは、ハイレベルなのだろう。

この時期からすでに、自分もやっぱりタダの人だと思い始めるようになった。この試験で順位も学年で74番まで落ちていた。

国語の川柳の宿題で、「数学をダイスーキカと言うけれど」というのが優秀作に選ばれたのがせめてもの救いだった。ラジオの力でダジャレ力だけはついていたようだ。

しかし、月に一度の川柳の宿題で、優秀作に選ばれたのは、後にも先にもその一度だけだった。イウエはなぜか川柳でも優秀作に何度も選ばれていた。

「たまたまだよ」

そんなクールな声が聞こえてきそうだが、賢いやつは何をやらしても賢いとこちらは素直に諦めた。

中学校から化学や日本史を教えるという恐ろしいカリキュラムだったにもかかわらず、なかにはほとんどが100点という強者《つわもの》も同じクラスにいたのだ。

塾も通わずに、灘に入ってきた秀才・サワイだ。彼の記憶力はとにかくすごかった。

「こんなもの、覚えりゃすぐだろ」

浜松出身のはずだが、変な東京の言葉を使う。

サワイは日本史の教科書では試験の範囲をすべて丸暗記してしまうのだ。

暗記力だけの男だから、いつかボロが出るに違いないと思っていたが、中1の段階ではほとんどのテストで100点を取っていた。

加えて、サワイはスポーツも万能だった。体育の授業では何をやらせてもすごかった。

「サワイは何をやらしてもできるんやな」

ヒデキがそう言うと、サワイの陰から出てきたひとりの男がこう言った。

「ヤダは何をやらしてもできないんやな」

そう言ったのは、まだまともに話したことがないカツタだった。周囲の同級生は、声をあげて笑っている。

「うちの副級長がこんなんでいいんやろうか」

「確かに、ヤダって何もできないよな」

サワイにまで東京の言葉で、こんなことを言われると堪《こた》える。

浜松医大に通う兄のことさえバカなやつと言い切るほどの強気男で、言い放つ言葉には容赦がなかった。

実際、体育も音楽もできないヒデキが、取り柄の勉強までできなくなった。あれだけ入りたかったのに、ヒデキはすでに灘を嫌いになりかけていた。

灘に入ってガッカリしたことが二つあった。

一つは、みんなが予想外に体育ができることだ。勉強ばかりしてきて同じようにスポーツのできないやつらの集まりだと期待していた運動音痴のヒデキには、予想外のことだった。

もう一つは、自分のような「変な」子があまりいないことだ。転校先のどの学校でも「変わり者」であったヒデキは、それは自分が天才だからそう言われるのだろうと思っていた。

そして灘に入ることができれば、同じような変わり者がいっぱいいて、話も合うに違いないと思っていたのだ。

ヒデキ自身は、変わり者であることには誇りをもっていた。いじめられても仲間外れにされても、「それはお前が賢いからや。大体、天才というもんは変わっているもんや」という母親の言葉に支えられてきたところがあるのだろう。

といっても、ヒデキの場合は、大人の世界や経済に関心が強かったにせよ、それほど天才的変人ではなく、今でいうところのKYな発言、人を見下すような発言ばかりしていたからいじめられ、仲間外れにされていただけで、現代なら自閉症スペクトラム障害の診断基準に当てはまるようなレベルのものだった。

いずれにせよ、ヒデキの目からみて、変わり者といえばコウくらいで、あとはいたって普通の「秀才」だった。観ているテレビ番組も流行のものばかりだったし、ラジオの深夜放送を聴いているのもヒデキくらいしかいなかった。

「どうせ話が合うやつもいないやろ」

阪神電車で帰る同級生が少ないこともあって、一人で帰る日々が続いた。

ますます深夜放送が唯一の友のように思えてきた。

そのうえ、親の学歴が話題になると、灘には京大や阪大卒の親がざらにいる。当然、同級生の父親はヒデキの父親より出世が早かった。

ヒデキの父親は係長だったが、クラスの連中の父親はたいていがそれ以上の役職に就いていた。

ヒデキは早くも疎外感と劣等感を抱きながら灘中に通うことになった。

ヒデキが中1の1973年7月。深夜1時から始まる『オールナイトニッポン』がリニューアルされた。水曜のパーソナリティに、あのねのねが起用された。

あのねのねは、京都産業大学の学生だった清水国明と原田伸郎《のぶろう》の二人からなるコミックフォークバンドだ。結成当時は、のちに落語家になる笑福亭鶴瓶《つるべ》も参加していた。『バチョン』がコテコテの大阪芸人番組だったのに対して、この『オールナイトニッポン』ははるかに洒脱《しゃだつ》な感じがして、ヒデキはすぐにこの番組の虜《とりこ》になった。

「歯車に手をはさまれた。ギヤ!!」

同じダジャレでも、ギターがバックにあると上品に感じられたし、英語も入るところが大阪の漫才とは違う。

かくして、深夜放送に熱中するようになると、同級生はみんな幼稚なやつらばかりに見えて、自分だけが残りのガリ勉連中をしり目に「青春」に入ったんだと思うようになった。

むしろ、笑いのセンスがないことを自覚しているヒデキは無理やりそう思うことで、自己満足するしかなかったのだ。

当時の『オールナイトニッポン』は1時から5時までをあのねのねが全国ネットでやっていた。しかし、大阪で『オールナイトニッポン』をネットしていたラジオ大阪は、3時からはもっとスポンサー収入がいい文化放送の『走れ！　歌謡曲』をネットしていた。

あのねのねを最後まで聴きたい欲望はどんどん高まってくる。そこで、深夜になるとニッポン放送にダイヤルを合わせることにした。

ひどい雑音入りだが、多少は大阪でも聴くことができる。音楽は滅茶苦茶《めちゃくちゃ》だが、トークはなんとかわかる。

「これで我慢するか」

すると、12月のある日、新聞ですごい一面広告を見つけてしまった。発売になったばかりのナショナルの高性能ラジオ「クーガ7」の広告が載っていたのである。

それは、よくあるまっすぐに伸びる銀色の普通のアンテナではなく、ハーモニカのようなかたちをした黒いアンテナがラジオの上を回るジャイロアンテナを搭載していた。

子どもからみたら「カッコイイ」そのものだった。それ以上に、東京など関西圏外のラジオ放送が聴けるというのが魅力だった。

今年のクリスマスプレゼントはこれしかない。

「ラジオは春に買ったばかりやないの?」

「もっと英語放送を聴けと学校で言われたんや。けど、FEN(米軍極東放送網、現・AFN)は東京と岩国から流れるので、高性能のラジオが必要なんや」

両親から言われることを予想して、米軍がやっているFENを引き合いに出し、説得した。

ライバルといわれていたソニーの「スカイセンサー」と比べて安価で、1万円台で買えるのもラッキーだった。

というのは、おばあちゃんが1万円のお年玉を毎年くれるので、それを前倒しにすればなんとか母親のポケットマネーで買えるからだ。

あのねのねの『オールナイトニッポン』は土曜日に移り、5時まで聴いても大丈夫ということもあって、ニッポン放送にチューニングして、あのねのねの『オールナイトニッポン』を最後まで聴けるという感激を早速味わった。

そして、東京のラジオが聴けるということは、ＴＢＳ『パックインミュージック』も、文化放送『セイ！ヤング』も聴ける。

当時の『パックインミュージック』は、『オールナイトニッポン』以上に個性的なパーソナリティが揃っていた。

月曜が小島一慶《いっけい》、火曜が愛川欽也《きんや》。水曜が南こうせつ、木曜が野沢那智と白石冬美、そう伝説の「ナチチャコパック」である。そして金曜は山本コウタローであった。

対する『セイ！ヤング』は、月曜がせんだみつお、火曜が谷村新司、水曜が落合恵子、木曜が土居まさる、金曜が黒沢順一、土曜が下田逸郎だった。

ということで月曜はせんだみつお、火曜が愛川欽也、水曜が南こうせつ、木曜がナチチャコ、金曜が山本コウタロー、土曜はあのねのねで、見事に埋まったわけだ。

深夜枠は東京の番組に夢中だったが、10時台は大阪毎日放送の超人気番組『ヤングタウン』もヒデキのお気に入りだった。

月曜・諸口あきら、火曜・キャッシー、水曜・月亭八方、木曜・林家小染《こそめ》、金曜・笑福亭鶴光《つるこ》、土曜・桂三枝と、こちらも相当に濃い面々だ。

『オールナイトニッポン』で後に大スターになる鶴光は下品で嫌だったが、若かりし頃の三枝は、視聴者参加番組のノリで、リスナーから依頼を受けると、ガールフレンドにしたい女性に電話をかけたりしていた。

そのライブ感が女性、女生徒を知らないヒデキにはたまらない刺激だった。関西のノリなのか、笑わせることでものの見事にデートの約束を取り付けるのだ。

学校の授業がつまらなかったヒデキは、彼らの濃いトークを聴きながら、充実のナイトライフを送るようになった。

夕方4時半くらいに家に帰り、夜の8時まで昼寝。9時までに食事をして、風呂に入り、目を覚ますと、「勉強してくるわ」と言って勉強部屋に入りラジオを聴く毎日だった。

これでは、成績は下降する一方である。

深夜放送にのめり込む前、ヒデキもクラブ活動にチャレンジした。

喧嘩が弱いヒデキは武術関係の部に入ろうと考え、柔道部か剣道部のどちらに入るか迷った。

だが、灘校の柔道部はハードルが高かった。

学校の設立に尽力した初代顧問の嘉納治五郎《かのうじごろう》の影響で、立派な柔道場があり、クラブ活動のレベルもかなり高い。間違って投げられ役にまわされたら身体がもたない。

ということで、防具に身を包むことのできる剣道部に入るのだが、竹刀《しない》を振るのは下手。素振りをやってもへっぴり腰。打ち込んでもまともに相手に当たらない。

子どもの頃からスポーツにだけは諦めのいいヒデキは、たった3週間で剣道部を辞めた。

県内でもベスト8に入るヤマモト部長はカンカンになって怒った。そこで、剣道部の顧問で、クラス担任でもあった日本史のウツミ先生のところに直《じか》に行って謝ると、「しゃあないやつや」と簡単に許してくれた。

「なら卓球でもせえへんか？　そんな厳しくないで」

次はイケヤマに誘われて卓球部に入った。しかしここでも、家に卓球台があるイケヤマがやたらにうまいのに対して、ヒデキは空振りの連続である。

イケヤマが紹介してくれた手前、3か月は続けたが、夏休みに入ると同時に辞めてしまった。

ということで、それからのヒデキは「ラジオ青春」を謳歌《おうか》することにした。

親が突然入って来たときに英語のラジオを聴いていないことがバレるのを恐れて、放送はイヤホンをして聴いていた。

同じ部屋の隣の机では中学受験に向けてマサキが勉強をしていた。

「兄ちゃん、ここがわからへんのやけど」

ヒデキはイヤホンで聴いていたことをいいことに、マサキの問いかけを無視した。

だがマサキは、歩きながら覚え物をするタイプなのか、部屋のなかをウロウロするのでけっこう煩わしかった。

「睡眠不足は受験の敵や。能率を上げて、さっさと寝んと受からんぞ」

「わかった、そうするわ」

マサキはヒデキを崇拝しきっていたので、素直に言うことをきくのだった。

まさにその通りだが、深夜放送狂いで、成績がどんどん落ちているヒデキが言えた義理ではない。言っていることの正しさを身をもって示していた。


そんなマサキは初めて受けた模試で、2400人中1700番。サカグチ塾でも最下位だった。灘中はもちろん、その下の甲陽学院も、そのまた下の学校にも受かる成績ではない。

「なんでこんなアホな弟をもったんやろ」

ヒデキは舌打ちした。

自分もアホやと気づき始めていたので、弟のボロボロの成績をバカにするというより、見たくないというのが正直な気持ちだった。

サカグチ塾でもビリ争いをしながら、しがみつくマサキの根性だけはたいしたものだ。そう思いながらも、ヒデキはとっくにマサキを見放していた。


正月明けに父親が上機嫌で家に帰って来た。

「4月からは阪急沿線や。俺もとうとう一国一城の主《あるじ》になる」

勝手に阪急苦楽園《くらくえん》口の新築マンションの購入を決めてきたのだ。

これには母親が真っ先に反対した。

「今年はマサキも中学に入るのに、ローンなんて払えるわけないやないの」

「マサキはどうせ公立やから、マンション買ってもええんちゃう?」

ヒデキがそう言うと、母は珍しく怒った。

「マサキやって、絶対受かる。兄貴のお前がそんなふうに言うとは何事や」

頭をはたかれたヒデキは怒ったときの母親が怖いことはよくわかっているので、黙ることにした。

「この社宅にだっていつまでもおいてもらえるわけやないんや。苦楽園なら、マサキが甲陽に通うのも自転車で行けるやろ」

父親はマサキが甲陽になら入れると思っているようだが、ずいぶん甘いなとヒデキはその能天気さに呆《あき》れた。甲陽も、京大合格者数でトップを争う名門だ。

いつもは父親にボロクソに毒づく母親も今回ばかりは止められないと悟ったのか、それ以上は反論しなかった。

「ローンの審査も通った。こういうときに、一流企業は強い」

自分が名門企業の鐘紡《カネボウ》に勤めていることだけが父親のアイデンティティの一つだった。

「灘に通うなら社宅からというのもカッコ悪いやろうし」

「灘中生の父親」が父親のもう一つの大きなアイデンティティだった。

するると、それまで黙っていた弟が口を開いた。

「僕、やっぱり甲陽やなくて灘受けたい！」

どうせ落ちるんだったら、灘のほうがカッコ悪くないとでも思ったのか、それとも気がおかしくなったのか。一瞬の沈黙が流れた。

「よし、頑張れ」

父親が口を開いた。やはりこの男は事情がわかっていない。

ちょっとは社会のことをわかったつもりでいるヒデキは、マサキが公立に行ったほうが家のローンの助けになると思ったこともあって何も言わなかった。

落ちても苦楽園の公立なら、ガラの悪い今の地元の公立よりはましだろう。

すると、マサキはなにも言ってこないヒデキの考えを察したのか、ヒデキに突っかかってきた。

「兄ちゃんはそうやって、いつも僕のことバカにしてるけど、僕やって勉強頑張ってんねんで。こないだの模試も300番まで上がったんや。可能性ないわけやないやろ。自分は灘行ってるからって、偉そうにせんといて」

そして、マサキはヒデキが一番言われたくない言葉を口にした。

「兄ちゃんやって、灘のなかでは成績悪いほうなんやろ？」

ヒデキもこれには一言も言い返すことができなかった。その代わり、マサキにゲンコツを食らわせた。

ところが、これまで一度として逆らったことのないマサキが殴り返してきた。

「殴ることないやろ」

すぐに、父親が止めたが、これにはヒデキも骨身にこたえた。マサキのパンチは、思ったよりも痛かった。

「お前が灘に受かるはずないやろ、ボケ」

この言葉でマサキは泣いてしまい、ヒデキは母親にこっぴどく叱られた。

アホのままでも、ずっと兄の言うことを聞く従順な弟でなくなるのだろうか？　自分より下がいないと感じるヒデキには、たった一人の子分といえる弟を失う不安を強く感じた。

しかし、啖呵《たんか》を切った割には、その後もマサキの成績は一向に伸びなかった。

ヒデキが深夜放送を聴いている隣で、一心不乱に机には向かっているのだが、300番を最高順位に、むしろ成績は落ちていった。

「甲陽やったら何とかなるかもしれんぞ」

「灘を受けたいです」

サカグチ塾長の説得も虚《むな》しく、マサキは強情をはって灘中の受験票を取ってきた。

マサキの受験にはヒデキが付いていった。一応兄としてマサキのことを心配しているつもりでもあった。

合格発表もヒデキが付いていった。母親は不合格の掲示板を見たくなかったのだろう。

結果は、「不合格」。

それでも、どのくらいの成績で落ちたのかを知りたいと言うので「高校受験で灘を受けたい」と言う弟のため、不合格者用の得点開示をもらって帰った。

すると、驚愕《きょうがく》の事実が判明した。

なんとマサキは合格最低点にわずか1点足りないだけの不合格だったのだ。模試でさえ一番いいときでも300番台だったのに。火事場の馬鹿力としかいいようがない。

さすがのヒデキも弟が愛《いと》しくなった。なんとかならないものか、兄弟で灘というのもカッコいい。

家に帰り、母親に事情を説明すると、とにかく担任に電話をかけろということになった。

「それは可哀想《かわいそう》やったな。とりあえず、校長に会うだけ会えるようにしてやる」

ウツミ先生は優しい言葉をかけてくれた。

翌日の夕方遅く、バッチリとスーツを決めた父親と10か月ぶりに制服を着たヒデキ、そして、一張羅のブレザーを着た弟の三人で灘中の校長宅に訪ねていった。

校長は、とある仏教の宗派の中僧正という偉い地位にあるとのことで、自宅も立派なお寺だった。

応接室で待っていると、以前、論語の授業で何回か見たふくよかな僧侶が普段着で現れた。

「ヤダ君の弟さんか」

にわかに覚えたのか、もともと覚えていてくれたのかわからないが、自分の名前を知ってもらえたのは嬉しかった。

「残念やな。受ける前に言うてくれたら、なんとかなったかもしれへんのに」

「そこをなんとかなりませんか」

「うちの学校には補欠という制度がないんや。ホンマに残念やけど」

「そんな」

これ以上お願いする厚かましさをうだつのあがらないサラリーマンは持ち合わせていなかった。

「高校で待ってるから、頑張って勉強しいや」

校長の言葉は優しかった。

まぐれで一番いい点数をとっても、結局、灘には入れてもらえない。マサキはそういう運命にあるのだろう。

ヒデキのほうも勉強ではもう立ち直れないという自覚があった。

「あかんな」

ヒデキは成績表をみてつぶやいた。

173人中123番。

当時、東大合格者数日本一を誇った灘校では、試験のたびに、席次が発表された。

毎年の東大合格者は100人を軽く超えているので、この成績でも東大に行けないと決まったわけではない。

しかし、この学校は中学で170人ちょっとが入学し、高校で60人ほどが入ってくる。

中学は主に阪神間の人間が受験するが、高校になると下宿も可能になるので、西日本中の秀才が受けに来る。

そして高校から入る生徒の6割は東大に入る。そうなると、計算上は中学から入った人間は60～70人程度しか東大に入れないことになる。

今のヒデキはボーダーライン上にも乗らない脱落ラインだ。そのうえ、内容も悪い。

2組の副級長として灘中デビューしたヒデキは、入学当時は、同級生から神々しく映って見えたようだ。実際に成績がみんなにわかるわけだから、仲良くしようとすり寄ってくる人間も何人かいた。

だが1学期の中間試験、期末試験、2学期の中間、期末と成績が落ち続けた。そして3学期の期末試験はこのザマである。どこまで転落するかヒデキにも予想がつかなかった。公表はされていないが、この頃になると誰がどのくらいの成績を取っているかというのが噂されるようになっていた。

各クラスの級長、副級長で、これだけ成績が落ちているのはヒデキだけだった。成績が急上昇したイワサキは、元々は子役のタレントだったそうだが、親が京都大学を出ている。

英語の発音がローマ字を棒読みするような読み方で、みんなからバカにされていたニシサワは、教師に何を聞かれてもすらすらと答えられるようになった。そして、中1の終わりには誰もが一番と認めるようになり、ついには「ニシサワ先生」と呼ばれるようになった。

彼の親は大学教授だった。天才サワイの親は医者だ。

ざっと見渡す限り、今、成績がいいとされているやつらはみんな東大出とか、京大出、あるいは医者の親を持つ連中ばかりだ。

そして、中学受験時代からの習い性で、灘中でも、成績がいいことをひけらかす人はまずいなかった。それがいかに嫌味で嫌われることかを叩き込まれているからだ。

それと比べて、ヒデキも含めて、成績が悪い者同士というのは、「俺、こんなんやっててん」と見せることが珍しくなかった。劣等生自慢をしていても仕方ないのだが、中学校に入ってまで親の言いなりになって勉強しているやつらに対する反発心もあったのだろう。

しかし、どうもヒデキの見る限り、遺伝が大きく関係してくるように思えた。

成績の上がった連中の親が高学歴なのに対し、成績が悪いことを見せ合っている仲間たちの親はそうでもない。実際、ヒデキの父親は関西の二流私大出身、母親は高卒。他のやつらも商店主の子どもとか、父親のことをちょっとバカにしているようなやつらが多かった。

「どう考えても遺伝やないか。世の中うまくできてるわ」

そう思うことで、勉強をしない自分を正当化していたのかもしれない。

それでも、マサキの灘中不合格直後ということもあって、ヒデキには成績の急降下は遺伝によるものとしか思えなかった。

勉強しか取り柄のなかった人間がその勉強さえできなくなることほど、みじめなことはない。

こうして、つい1年前には幸せの絶頂にいたヒデキは、何の夢も取り柄もない劣等生に落ちぶれていた。

第三章　ヒデキ、小説家を志望

中2の初め、ヒデキは成績が落ち込むなか、阪急沿線の苦楽園口のマンションに転居した。父親が家族と相談せずに買ったからだ。

間取りは4DK。ヒデキが過去に住んだ家のなかでは、一番広かった。

勉強部屋も一人に一部屋ずつ与えられた。弟も自分の個室を初めて与えられた。

これでマサキを気にせずにラジオが聴ける。

何よりも新築住宅である。それも、借家住まいから持ち家になったのだ。

さらに関西人のヒデキにとっては阪急沿線、しかも西宮市に住めたのは、プライドをくすぐられる思いがした。

駅からは15分程度かかるこのマンションまで歩く道すがらの家々は立派なものが多かった。

自宅がこんな高級住宅地のなかにあるという経験はこれまでにないことだった。

父親の出世が同級生の親たちより遅いことも生活を心配するほどのものではなかった。

それよりも、憂うべきは、自分とマサキの将来だった。

弟の受験の失敗を見て、ヒデキはやはり父親も母親も低学歴では大学受験に勝てそうもないという遺伝の怖さを身に染みて感じていた。

それに、弟がとても高校受験で灘にリベンジできるとは思えない。

マサキを信じつづけた母親も今回の不合格で相当気落ちしていた。

「マサキちゃんなら勉強したら高校で灘に行けると思うけど、わざわざ高校も大学も受験することないやない。中高一貫の学校に行ったほうがええ学校に行けると思うわ」

「ええ学校」とは、おそらく大阪大学あたりのことを言っているのだろう。さすがに気丈な母親も灘高や東大は無理と思っていたのは、ヒデキにはすぐに気がついた。

父親譲りの能天気な弟は、それにはもちろん気がついていない。

「わかった。僕、中高一貫のとこで勉強して、東大に行くわ」

「マサキ、その意気や」

ヒデキは自分でも行けると思えない「東大」という言葉を平気で口にするマサキの無知に吹き出しそうになったが、兄らしく神妙に対応した。

ということで、マサキは、まだギリギリ出願の間に合う天王寺の中高一貫校を受験した。ビリレベルとはいえ、サカグチ塾に通っていただけあって、こちらは見事に合格した。ただし、東大は数年に1人、京大は年に1人くらい、阪大は4〜5名、神大は10名前後といった合格実績の学校であった。

この親の子なら、分相応というところだろう。

関西の財界人は、小学校から大学まで続いている慶應や青山学院のような学校に子弟を入れたがる東京の財界人とは違う。子どもに受験の苦労をさせたほうが将来の経営者になるための鍛錬になると考えているようで、灘には富裕層の師弟が多い。

誘拐事件で話題になった江崎グリコの江崎勝久（現・灘中学・高等学校同窓会会長）も松下幸之助の孫の松下正幸も灘の卒業生である。

ヒデキの学年には、芦屋の医師会長の息子も自宅に美術館までもつ相互銀行のオーナー一族の息子もいた。カツタの親だって尼崎の医師会長であった。

とにかく東大、京大、阪大卒のエリートのオンパレードだった。

父親の出世は早いほうではなかったが、ヒデキは灘中に入るまでは貧乏を自覚したことはなかった。

しかし、劣等生であるヒデキはさすがに「どうもうちは貧乏のほうらしい」と薄々思うようになった。

「働きに出る」

ある日、母親が突然、そう言い出した。

表向きの理由は、第一志望でない学校に通うようになったマサキの登校拒否対策としてだった。

片道1時間半もかかる天王寺の学校に通うことになったマサキは、私服で通う兄と違い、制服を着せられ、しかもどこの学校か、近所の人間にまったくわからないことも不快であったようだ。

学校には毎日行くのだが、2日に一度は、途中で「お腹が痛くなった」と言って、家に帰ってくる。

幸い、おばあちゃんの家が学校に近かったので、学校に行った日はそこで休んでから帰るパターンが定着した。

ただ、そこでも相当青白い顔をしていたようで、さすがのおばあちゃんも「無理させんほうがええ」と言った。「学校辞めさせたらどうや」と言ってくるときもあったくらいだ。

かつて特殊学級（現在の特別支援学級）行きを示唆されたこともあったマサキが、今度は登校拒否。ヒデキにとっては、恥ずかしさを超えた屈辱だった。

もちろん、灘中で誰にも言っていない。

「アホなうえに身体も弱いから、たえられへんわ」

さすがに面と向かってマサキには言えなかったが、これが本音だ。

そんな折、マサキの通学途中の駅である阪急西宮北口駅の売店で求人募集があった。母親は、マサキが途中で具合が悪くなっても、自分のいる売店で少し休みが取れるようになれば、そのまま学校に行けるかもしれないとこの職場を選んだ。

さらに母親は阪急電車の特急の大混雑ぶりを目の当たりにし、マサキに一本早い電車に乗って、特急でなく各駅停車で梅田まで行くようにアドバイスをした。

マサキは西宮北口で特急に乗り換える大量の乗客をしり目に、各駅停車で座って梅田まで行くようになった。

そのおかげで、マサキの登校拒否はちょっとずつ減っていった。

そして、長時間電車に座る分、本をたくさん読むようになった。

ヒデキは、梅田に行く用事があった際に、母親の売店を訪ねたことがあった。

しかし、母親の対応はそっけなく、ほとんど他人に対するそれだった。マサキはしょっちゅうここを訪ねてきているはずなのに、いったいどういうことなのだろう。

その夜、帰宅した母親は、ヒデキに向かってこう言った。

「あんた、あんまり売店に来たらあかんで」

「なんでや」

「私はあそこで働いていることが恥ずかしゅうてしょうがないの。幸い、売店に買いに来られたことはないけど、この間も、イケヤマ君のお母さんが通りがかって顔を隠してんから」

「挨拶すればええやないか」

「うちがそんな貧乏と思われたら、あんたやってみじめやろ」

「うち、貧乏なん？」

「稼ぎもないくせにマンション買うわ、マサキの学校はあんたの学校より3倍もお金がかかるわ、おばあちゃんにも、もうこれ以上借りられへんし」

ヒデキは、父親の稼ぎが少ないことは予想できた。鐘紡は名門企業であるが、若くして社長となった伊藤淳二が、多角化経営と同時に、「40歳以上昇給禁止」という画期的なポリシーを発表したからだ。

その頃、深夜放送の影響で反体制的な思想に徐々にかぶれ始めていたヒデキは、この鐘紡の伊藤という慶應出身のボンボン社長が許せなかった。

ヤダ家もその犠牲になって、母親が知り合いに見られることにびくびくしながら働いている。

「あんたは、せっかく頭がよう生まれたんやから、しっかり勉強して、医者にでもなって、子どもや奥さんにみじめな思いをさせんようにせんとあかんよ。私のお父さんは、戦争の前までは羽振りがよかったけど、家も焼け出されて、戦争に負けたときには、生活力がなくて、本当に私はみじめな思いをしたんや。そうでなかったら、あんなお父さんとは結婚してへんかったわ」

母親が父親を嫌っていたのは昔から知っていた。それなのにあの父親と結婚したのは、実家が貧乏で、「このあたりで手を打った」というのが理由だった。

「貧乏はみじめや。金は稼がんといかん」

ヒデキは改めてそう思ったのだが、それでも改心して勉強をする気にはなれなかった。

どうせ一生懸命勉強したところで、遺伝子の優れている灘の連中には勝てるわけがない。

そう思うと、どうも灘のなかでは最底辺のレベルの家に生まれたこと、貧乏人であることの自覚が、さらにヒデキのみじめさに輪をかけた。


ヒデキはますます東京のラジオにのめり込んでいた。

あのねのねだけでなく、せんだみつおの『セイ！ヤング』は東京のお笑いのセンスを感じたし、谷村新司の『セイ！ヤング』は「天才・秀才・ばか」のコーナーにはまりまくった。

ただ、相変わらず、勉強のほうはさっぱりである。自分はいったい将来、何になれるのだろうか。

スポーツも勉強もダメ。ラジオのパーソナリティのようなセンスもない。シンガーソングライターのように音楽を作れるわけでも、歌えるわけでもない。

それどころか、ヒデキは当時、自分が単なる受け身のリスナーであるということにもみじめさをさらにつのらせた。読まれる投書の面白さに腹を抱えて笑うだけで、自分に同じレベルのものが書けるとは思えなかった。

灘中に通っているとはいえ、中2で、高校生や浪人生のようなセンスをもつことは土台無理だと言い聞かせた。ヒデキは深夜放送の世界にはまりながら、5時近くになると、よく自己嫌悪に陥りながら眠りについた。

勉強だけが取り柄だった人間が、劣等生として学校に通うのはつらい。

「ヤダ君」

そんなある日、電車のなかで声をかけてきた背の高い男がいた。

ナガタコウだ。

「君、この電車で通っているの？」

「ああ、この4月から苦楽園に引っ越したんや」

「それは嬉しいな。僕も苦楽園口なんだ」

コウが阪急沿線であることは以前から知っていたが、まさか乗降駅がヒデキと同じ苦楽園口とは思ってもみなかった。

「なんだかんだ言って、君が一番古い友達だからね」

確かにそうだ。タブチ塾からは彼しか灘中に入っていないのだから唯一の知り合いと言っていい。

「そうやな」

ヒデキは気のない返事をした。哲学好きで、何を考えているかわからないコウとは話が合うはずがない。実際、同じクラスであるにもかかわらず、入学式後の身体測定以来、コウと話をした記憶はほとんどない。

家が遠くなったうえに、まったく気が合わなさそうな男と一緒に帰ることになるなんて。

「君とは奇縁としかいえないね」

「そうやな」

興味がない顔をするヒデキにも、人がよいコウはまったく気づかない。

灘の最寄り駅である岡本駅から夙川《しゅくがわ》駅までは10分もかからない。夙川で甲陽園行きの単線の電車に乗り換え、次が苦楽園口駅である。

単線のため、電車の本数もそう多くなく、15分に一本しか電車が来ない。

なにも話さない時間が続くなか、甲陽園行きの電車のホームに、灘校の友人をもうひとり見つけた。

「ユモト君!」

「ヤダ君やないか!」

同級生のユモトだ。おかっぱ頭に分厚い眼鏡、そして分厚い唇で、ホームにいてもすぐにわかる。

ヒデキは、心の底からほっとした。

話をしてみるとユモトも、深夜放送を聴いているということで、ヒデキは一気に気持ちが晴れた。コウとは違って、あのねのねのギャグでも盛り上がることができた。

残念なことに、東京のラジオが聴けるラジオは持っていなかった。

それでも、『バチョン』の桂春蝶の話術を評価したり、桂小米《こよね》（後の枝雀）はすごい噺家《はなしか》になると予想したりするなど、ただ面白がって聴いているヒデキ以上に深くラジオを聴いていた。

「ヤダ君、上岡龍太郎は天才やで」

この年から始まった『推せん盤だよ！　歌謡曲』というラジオ大阪の番組も勧めてくれて、彼の上岡龍太郎に対する評価もとても興味深かった。

この日からユモトも同じ電車で一緒に通うことになった。

「上岡龍太郎、聴いた？」

「『芸は一流、人気は二流、ギャラは三流』やろ」

せっかく親愛の情を示してくれたコウをほったらかして、ヒデキはユモトと終始ラジオ話に興じた。ヒデキにとってはまさに捨てる神あれば拾う神ありの心境だった。

盛り上がるふたりの傍《そば》で、コウは難しそうな本を静かに読んでいた。

「昨日の『バチョン』聴いた？」

「もちろんや。やっぱ、小米とひな子師匠の掛け合いは最高や」

インテリで落語のうまい桂小米とカマトト芸でおなじみのベテラン吾妻《あづま》ひな子のコンビは、まさに大阪版ナチチャコパックの趣があった。

ユモトもスポーツが苦手で体育会系のクラブに入っていなかった。学校が終わると、即座に家に帰る組だった。そのため、一緒に帰ることが多くなり、ヒデキにとって通学はラジオの感想を言い合う時間となった。

ただ、夢のない、つまらない学園生活であることに変わりはない。

そんな折、灘校卒業生であり、大先輩にあたる遠藤周作先生が灘校に来て講演をすることになった。

遠藤先生は、ネスカフェ・ゴールドブレンドのコマーシャルに出て「違いがわかる男《ひと》」でも有名な渋い大作家だ。

その一方、狐狸庵《こりあん》先生とも名乗り、ユーモア小説も書いていた。「ぐうたらシリーズ」のエッセイは、大好きな深夜放送を感じさせるものだった。

ヒデキは子どもの頃『坊ちゃん』や『風の又三郎』のような名作と言われる児童文学書も無理やり読まされた。中学受験でも、役立つからと他にもいくつかの小説を読まされた。

しかし、どれもちっとも面白いと思えず、小説が大嫌いだった。そんなヒデキでも、狐狸庵先生の小説は好んで読んでいた。

深夜放送の影響もあり、面白い話ができる人、面白いものが書ける人を素直に尊敬するようになっていたヒデキは、すごい大作家が灘校にやってくることを喜んだ。

「ユモト君、今度の遠藤周作の講演いかへん？」

「んー僕はさぼろうと思ってるけど」

するると、本を読んでいたコウが珍しく話に入ってきた。

「ヤダ君も聞きにいくのかい？」

「そのつもりやけど」


講演会当日、つまらない授業や行事をさぼる人が多い灘校にもかかわらず、遠藤周作先生の講演は会場が満杯に埋まるほどであった。ヒデキはコウと二人だと息苦しいため、イケヤマにも声をかけていた。

「ハゲコブの生き写しやないか」

サカグチ塾長に似た風貌で、やや頭がハゲ、黒眼鏡でとっつきにくい印象の遠藤先生が遠くに見える。ヒデキは思わず笑ってしまったが、コウにはなんのことだかさっぱりわからない。

「今は白髪でピンクのネクタイをしたいいおじいちゃんのようになっているけど、ハシモト先生は怖かったんや」

生徒を引き付けるために、遠藤先生は、まだ現役の自分の恩師の名を挙げた。遠藤周作先生より長生きして、後に１００歳の現役教師として有名になる橋本武である。

それ以降も遠藤先生の話は期待通り面白く、洒脱なものだったが、それ以上にヒデキの心にシンクロした。

兄が旧制時代の灘中きっての秀才で、自分も最初は一番上のクラスであるA組に入っていた。しかし、自分はどんどん成績が落ち、最後は一番下のD組で卒業。

そして旧制の高校も三浪した末に、補欠で慶應文学部予科に入学したという。

もうすでに最下層に近い成績にいるヒデキの将来も似たようなものだろうか。

最後に遠藤先生はこう言った。

「君らはみんな東大に行ってエリートになると思っているんだろうけど、一人くらいは小説家になってやろうという人間がいるなら、僕は歓迎する。飯くらいなら食わしてやるぞ」

単純なヒデキはこの言葉を自分に向けられたものと思い込んだ。

遠藤先生が「何か質問はないか」と会場に問いかけると、同級生のコバが「直木賞の傾向と対策教えてください」と公然と言い放った。

受けを狙ったのか、それとも単純にその場の空気が読めなかったのか、とにかくくだらない質問だった。

その横でコバと仲の良いカツタがにやついている。

これには遠藤先生も激怒した。

「そんな受験思考だから、世間から灘校生は勉強しかできない連中だと言われるんだ!」

さらに、いつもは温厚なカツヤマ校長までも、血相を変えて言った。

「先生の講演を聞いてわかったはずやけど、小説家というものは、大変な努力を重ねて書いておられるんや！　そんな質問は失礼だとは思わんのか！」

小説は、受験テクニックのようなものでは書けないのだろう。そして、遠藤先生よりはるかに年上の校長がこれだけ気を遣うのだから、小説家というのは社会的にもとても偉い人なのだろう。

「僕、小説家になるわ」

ヒデキはイケヤマとコウにいきなり宣言した。

「ホンマに言うとんの？」

「ヤダ君、いいと思うよ」

ヒデキの言葉の真意を疑うイケヤマに対し、コウは優しかった。

成績不良でも灘校出身なら異色なので、マスコミにも出やすいだろうし、遠藤先生も応援してくれるに違いない。

カツタとコバが反省もせずにしゃべっているなか、ヒデキはそんな考えを巡らせていた。

その帰り、ヒデキは早速、苦楽園口の駅前にあるナカソネ書店に行って、文庫本コーナーで遠藤本を漁《あさ》った。

「ぐうたらシリーズ」は2冊ほど読んでいたが、今度は小説を読もうと思った。

遠藤周作のコーナーにはさすがにたくさんの本が並んでいた。『沈黙』はちょっと重い感じがして、読む気にはなれなかったので、『一・二・三!』を買った。

「オーキニ!」

ほとんど文学書を買ったことのないヒデキは、それだけでちょっと誇らしい気分になった。

読んでみると、狐狸庵先生らしく笑わせるところは笑わせ、日本人の心がすさんできたことを上手に、皮肉混じりに描写し、最後は泣かせてくれる。

主人公が自分を元気づけるために、「一・二・三!」と唱えるくだりはヒデキには自分への励ましのようにも感じられた。

小説家になって、劣等生から起死回生の人生を送る。

それが天命だとヒデキは心に誓った。

小説家になるにはどうすればいいか。

いろいろな本を読むのはもちろんだが、やはり最初はエッセイか気のきいた日記でも書かないといけないのだろう。

ただ、ヒデキは日記というものが嫌いだった。

小学生時代に新聞部を作って主筆となった際には、小学生の新聞なのに、身の回りのことをろくに書かず、社会情勢や国際情勢の解説のようなことを書いて悦にいっていた。

たぶん、読者にはチンプンカンプンで、面白くなかっただろう。担任に褒められていなければ決して続くことはなかったと思う。

しかし、転校してからは、読書感想文の宿題を提出しても、ソリの合わない担任に「これは感想文でなく、要約だ」とボロクソに言われた。

宿題で日記を書くことになっても、「もう少し日常で感じたことを書くように」と「強制日記」を書かされた。それでもなお事実をあるがままに述べ、新聞記事で気になったものを拾って書くようなことをしていたので、先生からは「君は学校の行き帰りで、何か感じることはないのか」と呆れられた。

サカグチ塾時代でも、漢字の書き取りや、慣用句の意味などはパーフェクトに近かったが、小説文、特に詩の鑑賞問題はさっぱりできなかった。

「変わり者」というか、先述のように自閉症スペクトラム障害の傾向があったヒデキにはさっぱり心情読解ができない。

また、人の傷つくようなことを平気で言うため、よくいじめられた。仲間はずれにもあった。ゲームで負けるとボードをひっくり返すようなこともしょっちゅうだ。

ヒデキ自身、「天才は変わり者で当然」と開き直っていたから、そんな性格を直そうとはしなかった。むしろ誇りに思っているくらいだ。

しかし、灘中に入ると勉強のできる人間が、はるかにコミュニケーション能力が高く、心情読解もできることに唖然《あぜん》とさせられた。ヒデキは、天才ではなく、ただの発達障碍児だったのだ。

こうして、日記を書き始めても、前よりはマシな世相批判はできても、やはり日常生活を面白く書くことなどできなかった。せいぜい、ユモトとの会話をアレンジして、ユーモア小説風に書く程度であった。

たとえば、このような具合だ。

「やっぱり上岡龍太郎は天才だ。『東北の田舎者が、小さい頃から巨人戦しか見たことがないので、つい巨人ファンになってしまうというけど、あいつらは王や長嶋を打ち取る江夏が見えへんらしい』。確かにグランドに巨人の選手しかいないということはあり得ない。このセンスがあるのに、なぜギャラは三流なんや！」

まったくの受け売りで、なんのひねりもなく、ラジオの投書と比べても、はるかに見劣りがする。

ヒデキは、中学生になっても、あまり人に秘密を作らないほうだった。なので、遠藤周作先生の講演を聞いたあと、コウとイケヤマ以外にもこう公言していた。

「自分は小説家になるんや」

すると、同級生で文学少年のワタダが星新一のショート・ショートを貸してくれた。

教室の後ろのほうではカツタが「あいつアホなんちゃう」とヒデキを見てバカにした笑みを浮かべていた。

「いきなり、長編は大変やから、ショート・ショートでも書いてみたら」

「ショート・ショートってなんや？」

星新一の超短編小説はショート・ショートと呼ばれ、短い文章のなかで起承転結もしっかりとしていた。オチが抜群に面白く、深夜放送の投書に通じるものがあった。

そのうえ読みやすくわかりやすい文章なので、灘中の入試問題に使われたこともあった。ただ実際に書こうとしてもそんなに簡単に書けるものではなく、うまいオチすら思いつかない。

「これも読んでみい」

ワタダは今度は筒井康隆の短編小説集も貸してくれた。筒井は星新一と『日本沈没』の著者の小松左京と並んで「ＳＦ御三家」と称される。ヒデキは『発作的作品群』『乱調文学大辞典』を読んで、完全にはまった。

「ワタダ、筒井のほうがアグレッシブで、皮肉がええな」

「そうやろ」

毒舌だけには自信があったヒデキは、この路線でいこうと、あっさり宗旨替えをした。

そして、今度は筒井康隆が本領発揮した代表作と言える長編『俗物図鑑』にチャレンジした。本を読んで笑い転げたというのは生まれて初めての体験だった。あっという間に読了してしまった。

しかし、感激もつかの間、すぐに哀《かな》しい思いが湧き上がってくるのだった。

「あかん。小説家には、このくらいのイマジネーションがないとなられへんのや。僕には無理や」

諦めだけは潔かった。

ヒデキは再び夢のない少年に逆戻りした。

第四章

ヒデキ、政治家を志望

6月に行われる生徒会選挙で、「中学委員長」というポストが新設されることになった。中高一貫校の生徒会の役員には、中学生にも被選挙権はある。中学生が生徒会長に立候補してもいいわけだが、高校生からの票はほぼ集まらないため、実質的に当選は不可能だ。また、クラブの上下関係で、先輩に入れないといけない中学生も少なくない。しかも、高校からは1クラス増えるので、高校生のほうが数も多い。

生徒会長に中学生というのはまだ早いが、副会長くらいは中学生から出そうという声もあったのだろう。しかし、これまでに中学生で副会長に当選した人はいないのが現状であった。そのため、中学生の声が生徒会に反映されないのはおかしいということで、中学委員長というポストが新設されたわけだ。

このポストへの選挙権と被選挙権は中学生にしかない。

灘校の生徒会長は、任期が6月までとなっている。そのため、高3は立候補できないので、伝統的に高2が立候補する。

ならば中学委員長だって中2でいいのではないか。中3が当選すると、4月からは高校生が中学委員長になるという矛盾も生じる。

「これや！」

単純なヒデキは、その矛盾に気がつくとすぐに立候補を思い立った。

ヒデキが中1のときの生徒会長クロイワさんは、ハンサムなうえに、演説もうまかった。

「先輩が闘って勝ち取った自由と自主を守り続けられるかは、教師の問題ではない。君たちがどうあるかだということを自覚してください」

この演説を聞いて、灘という学校はやはりエリート校なのだと誇りに思えた。

ヒデキが灘を選んだ大きな理由の一つに、制服がないことがあった。この自由な校風は、先輩の灘校生たちが闘争で勝ち取ったものだった。

1968年から始まった東大闘争に触発されて、高校全共闘が結成されたのが1969年。そのなかに灘校生がいて、見事に1970年には全学ストの断行に成功した。

「試験制度廃止」は受け入れられなかったが、制服と制帽は強制でなくなり、長髪・私服で通学する自由を勝ち取ったのだ。おかげで今の自由な校風がある。

ヒデキが入学した1973年の灘校には闘争の精神の名残がまだあった。そのことをクロイワさんは言いたかったのだろう。

実際、各クラブの予算も教師でなく生徒会が決めている。そのため、特に文化系のクラブでは選挙で勝ち馬に乗ったほうが予算が増えるという俗世間と同じ構図になっていた。利権政治と言われかねないが、当時の灘校生はそれが民主主義なのだと信じていた。

天才を自称していた時代のヒデキは、政治家になりたい野望があった。トップで東大に入り、官僚として上手に出世して、閨閥《けいばつ》結婚を経て政治家になる。

しかし、あっという間に劣等生に落ちぶれ、そんな夢はとうの昔に捨てていた。

ただ、政治家というのは学歴だけでなるものではない。時の総理・田中角栄も高等小学校卒だったし、クロイワさんも東大を落ちて浪人していると聞く。

「よし、中学委員長に当選して、政治家への第一歩を踏み出そう」

単純なヒデキは、中学委員長新設のタイミングを勝手に運命だと感じていた。

立候補する以上は、立て看板も作らないといけないし、ビラもまかないといけない。ひとりではとうていできない。

早速、つまずいてしまった。

「そうや、僕はサカグチ塾の出身や」

頼れるのはサカグチ塾時代からの友人だ。すぐにイケヤマやヤスモトに相談した。

「中3になんて勝てへんやろ」

「ヤダには無理やって」

否定的な意見を言われたが、それでも二人は協力してくれた。

コウにも電車のなかで声をかけた。

「コウ、ちょっと頼みごとがあるんや」

「どうせそんなことだろうと思ったよ」

コウは、都合のいいときだけ声をかけてくるヒデキの性格をよく理解しているようだったが、嫌な顔ひとつせずに話を聞いてくれる。

「僕、中学委員長に立候補しようと思うねん」

「勝てる算段はあるの？」

「ない。けど、やってみなわからへんやろ」

ヒデキの返事を聞いて、コウは一瞬黙った。

「ヤダ君らしいね」

そうつぶやいて、協力を約束してくれた。

活動態勢が整ったヒデキは、公示日初日に立候補の届けを出した。


中3の立候補者は強敵だった。

ラジオ投書の常連でもあるミヤタは、ヒデキもその名前を聞いたことがあった。

関西のローカルスター横山プリンの人気テレビ番組に出て、ミヤタが小椋佳《おぐらけい》の歌を歌い、予想外の美声で小椋マンジュウと呼ばれていたのも観ていた。

中3の人気者相手の選挙では勝ち目はなさそうだ。

それでもヒデキは「先輩を敬い、後輩を可愛がる」という中2のポジションを強調したビラを刷り、サカグチ塾人脈を最大限に利用して、配りまくった。

「ヤダヒデキに清き一票を。投票、おねがいしまーす！」

しかし、いくらチラシを配ろうにも、なかなか受け取ってもらえない。

「やはりクラブ票がきついな」

「うちのクラブも中3の先輩から言われてるわ」

投票は無記名投票だが、仮にヒデキと仲良くしていても、体育会系のクラブに入っている人間は、中3の先輩から「ミヤタに入れろ」と言われたら断れないのはわかっている。

休み時間中に、各教室に仲間を連れ、プラカードを持って選挙演説をしに行くのだが、中3の教室では、入ったとたんに「帰れ！」コールの大合唱を受けた。教室によっては黒板消しが飛んでくる始末だった。

それに、中2の票固めすら危うい。成績が落ちてきたうえに目立った取り柄もなく、クラブ活動にも参加していなかったヒデキは、サカグチ塾以外の友達はあまりいなかった。サカグチ塾時代の友達でさえ、イケヤマやヤスモトと他数人が親しいくらいだ。イウエともヒデキの成績が下がってからは、なんとなく声もかけづらい。

中1は、テレビにも出たことがあるミヤタを歓迎したようだが、「歌って」コールに応えなかったこともあって、徐々に人気が落ちていった。ミヤタには、人気者のノリで選挙戦を闘うのでなく、中学生の代表として生徒会に入るんだという気概があったのだろう。

ヒデキのほうはといえば、それほどの公約はない代わりに、とにかく親しみやすさを訴えた。

「僕は唯一の中2です。学年による序列は、自由な灘校には似合いません！　中学生による、中学生のための生徒会を実現させましょう！」

この言葉に中1の教室では大きな拍手がわき起こった。

「頑張れー！」

「ヤダ先輩に投票します！」

「ミヤタに勝ってください！」

なかには握手を求めてくる者さえいて、ヒデキは気を良くした。この反応を見る限り、中1では勝てるかもしれない。だとすると、中2の票を固めていかねばならない。

ここから文化系のクラブに所属する生徒たちの一本釣りが始まった。

「ヒデキを当選させたほうが、お前のクラブの予算が増えるぞ」

こういう悪魔のささやきをサカグチ塾人脈を使って蔓延《まんえん》させることで、中2の票を少しずつ稼いでいくのだ。

ところが、ここに立ちはだかったのが地学研究部、地研だった。

地学というのは大学入試では有利な科目でないが、顧問のイデサワ先生がわかりやすく宇宙の話をしてくれるので、灘では評判がよかった。

それ以上に、イデサワ先生の現在の政治状況に鋭くメスを入れる話が、ませた学生には受け、文化系クラブのなかでは最大勢力となっている。そして、例年、生徒会長や文化系のクラブの予算をしきる文化委員長のポストを牛耳っていた。

「お前の力なんか借りんでも、今度の文化委員長はいただきや」

ヒデキたちの悪魔のささやきに反駁《はんばく》したのは、事あるごとにヒデキに絡んでくるカツタだった。カツタはこの学年の地学部のリーダーであった。

灘には10番台の好成績で入ったらしいが、数学がからっきしできず、ヒデキ同様に成績は低迷中であった。しかし、文学青年で、話は大人顔負けに上手であった。

同学年内では先輩のように振る舞い、子分を何人も従えている。この学校では、喧嘩の強さより頭のよさが重んじられるのだ。そして、この場合の頭のよさは、勉強ができるのとはちょっと違っている。

最大勢力である地研内でも、先輩たちに取り入っていたので、将来の部長は確実視されていた。そんなカツタにとっては、たいした力もないくせに、中学委員長を狙うヒデキが目障りだったのだろう。

「お前みたいに政治力のない人間が選挙で勝ったところで、高校生の言いなりになるだけや。

なんのための中学委員長かわからへんわ」

大勢の前で侮蔑されても、ヒデキは言い返すことができなかった。カツタと比べると圧倒的にヒデキは押しが弱い。

「勝つことで、その票を背景に政治力をつけていけばええやろ」

反論はしたが、その声は弱々しかった。

「そういうのを負け犬の遠吠《とおぼ》えと言うんや」

さらに、カツタはヒデキに容赦ない言葉を浴びせた。

開票結果は、中3が162対9、ヒデキの票は一ケタ台だった。中2はかろうじて僅差で勝ち、82対91。中1は善戦はしたが、95対77。結局、ミヤタ339票、ヒデキ177票の完敗といっていいスコアでの落選だった。

このわずか2か月で小説家と政治家の二つの夢が一挙に消えた。

ヒデキは、さらに厭世的《えんせいてき》になるしかなかった。


ヒデキは新聞を毎日かかさず読んでいた。そのため、社会情勢への知見については、他の灘校生より勝っている自負がある。選挙に負けたヒデキは、将来を真面目《まじめ》に考えた。

「英語しかないわ」

国語ができず、得意の数学も落ち目。このまま劣等生で終わるのなら、東大や医学部を目指すより、英語を磨いたほうが堅実だ。

それに当分の間、日本はアメリカの従属国家であり続けるだろう。英語のしゃべれる人が少ない現状を考えると、英語を武器にすればリッチな将来が開けるかもしれない。

ハーバードは無理でもアメリカの大学を出て、英語ができて、灘校卒と言えば、それなりの会社に就職して、人よりはたくさんの給料をもらえるだろう。

遺伝子がダメなら、いくら勉強を頑張ってもできるようになるわけがない。でも、英語であれば、アメリカでは誰もがしゃべっている。語学を学ぶのに才能や遺伝子は関係ないはずだ。

とはいえ、「ながら勉強」しかしていないヒデキは、英語の成績が悪かった。

ミスターモーリが公言していたように、灘では中1のうちに中3までの英語の教科書を終え、中2の現段階ですでに高校の教科書をやっている。だが、ヒデキにはチンプンカンプンだ。

この状況でヒデキはこう考えた。

できないものを「できないところ」からやり始めてもできるようになるわけがない。英語はアホでもできるようになる唯一の積み上げ型の科目だ。だから基礎からやり直す必要がある。最初まで戻ったとしても、中1の最初に戻ればいいだけの話で、今からやっても十分間に合うはずだ。

といっても、中学3年間分を一気に復習することになるのだが、他の科目をやらずに、英語に特化してやっていけばなんとかなりそうだ。

「兄ちゃん、英語教えてくれへん？」

そんなことを考えていたある日、マサキがいきなり泣きついてきた。

英語に燃えている時期でなかったら、「面倒くさい」のひと言で断るところだったが今のヒデキは違う。

「何がわからへんの？」

どうせ低レベルのものだと思い、素直にマサキの質問を受けてやった。すると、えらく分厚い英語の教科書を持って来た。

それは『Progress in English』という教科書で、カトリック系の学校が独自で開発したものだという。

細かい文法事項をちまちまと教える日本の英語教材と違って、たくさんの英文に触れさせることで英語の力を高めていくことを目標に作られた本だった。

どんなアホでも英語だけはやればできるようになる。ネイティブの子どもたちは文法を習わずに、英語にたくさん触れることで英語力を身につけるからだ。それを無理に文法で考えようとするから頭がこんがらがる。

「ええ教科書使《つこ》とるな」

「うちの学校、英語だけは力入れてるねん。外国人の先生もいるし、週7時間も英語の授業があるんや」

「俺がお前の予習を代わりにやったるわ」

「ホンマに！　助かるわ！」

喜ぶマサキをよそに、ヒデキは早速読み始めていた。1学年下の教科書なので、どうにか読むことはできる。


ヒデキは、中2の夏休みは英語漬けの日々を送ろうと心に誓った。これで灘の連中に英語だけは勝てる。そして、東大に行くダサい連中と違って、自分はアメリカの大学に行って、英語をペラペラにしゃべれるようになってやる。

とはいえ、英語の勉強はつまらなかった。中学1、2年生対象の教材なので、訳せばわかることだが、文章は本当にバカにしたようなレベルの低さだった。

そのうえ、わかりづらい解説のオンパレードだ。

しかし、ヒデキは続けるしかなかった。

なんといってもこれが最後の命綱なのだ。自分に英語のセンスがないことは薄々感じていたが、英語だけひたすらやっていけば絶対にみんなに追いつけるはずだ。

英語に専念することになっても、ヒデキの基本的なライフスタイルはほぼ変わらなかった。5時までに帰宅して8時まで昼寝。10時以降は、「ながら勉強」と言っても、勉強をおまけに深夜放送を聴いていたというのが実際のところである。

ただ、これまでは10時までに食事をしたり風呂に入ったりしていたのを9時までにして、一日1時間だけ英語を勉強するようになった。

英語は習慣化したり、身につけたりしないといけないとヒデキは考えた。おそらくそう間違ってはいないだろう。

マサキの教材以外に使用していた「基礎英語」にしても「カセットLL」にしても音声教材だから、「ながら勉強」はできない。そんなこんなで、多少は英語の力がついてきた。

そんなヒデキにとって、谷村新司の『セイ！ヤング』はもっとも笑い転げ、もっとも都会のセンスを感じるものだった。

なかでも、「天才・秀才・ばか」のコーナーは毎週楽しみにしていた。

たわいのないギャグなのだが、毎日がつまらないヒデキには腹がよじれるほどおかしかった。

〈今日は合格発表の日〉

天才「やっぱり合格してしまった」

秀才「クーッ。あと10点とってれば」

ばか「クソーッ。あと一番受験番号が違っていたらなァ」

谷村新司が真面目な声で読み、後ろでばんばひろふみが「くくー」っと笑う。普段は笑いを忘れていたヒデキもつられて笑ってしまう。

「明日、ユモトに話すネタができたわ」

そう思いながら、ヒデキのつかの間の、快楽の日々が流れていった。

ただ、「天才・秀才・ばか」のネタをヒデキ自身が作ろうとしても、できなかった。勉強もスポーツも音楽も、そして笑いのセンスもない自分にほとほと嫌気がさしていった。

夏休み、宣言通り、ヒデキは真面目に英語の勉強に明け暮れた。

夜は深夜放送漬けなので、始まる時間までひたすら集中した。

「ヒデキちゃん、つらいことがあったら言いや」

事もあろうにわが子のこの様子に母親はだいぶ戸惑っていた。

「特にないわ」

そんな心配をよそにひと夏でヒデキは中学の英語をおおむねできるようになった。これで、灘でやっている高校の教科書に追いついた。夏休みの宿題も、英語だけは自分でやることにした。

ミスターモーリは、長期休みのたびに、物語1冊を英語で読ませた。今回はマーク・トウェインの小説を子ども向けの易しい英語にしたテキストだった。

中2の夏休みに、英語でこの手の小説を読ませる灘はとんでもない学校だと改めて思った。ただ、教科書に出てくる英文よりはるかに面白い。

真面目に辞書を引き引き、一日3頁ずつ読むと英語表現がずいぶん身についた気がする。殊勝なことに辞書を引いた単語や熟語は、きちんとカードに書いていった。

思った通り、英語は遺伝子に関係なく、やればやっただけできると実感を得られることがヒデキの救いであった。

英語以外の宿題はヤスモトのノートにお世話になった。そのお礼に、学校の近くのたこ焼きをおごった。

「やっぱオッチャンのたこ焼きが日本一やったな」

「ホンマやな」

サカグチ塾帰りに食べた、ライトバンのオッチャンのたこ焼きを超えるのは相当難しいのだ。

2学期が始まった。

例のごとく、昼寝をするためにさっさと帰ろうとしたら、校門でぐっと強い力で肩をつかまれた。

「ちょっと待てや」

同級生の金である。

金は大阪梅田にある大きな宝石屋の息子で在日韓国人であった。顔つきはふくよかで上品な雰囲気を醸していた。そのうえ、体格がいいので、ちょっと怖い。ヒデキはなるべくかかわりを持ちたくなかった。

「お前、この学校は嫌いなんか？」

「そうでもないけど」

「じゃ、なんで、そんなに急いで帰るねん？　そんなに勉強してるとも思えへんけど」

成績が発表されるわけではないが、今のヒデキの成績がたいしたことがないことくらいは、金にもわかっている。

「朝の5時まで深夜放送聴いてるから早よ家帰って寝たいねん。それに学校は、子どもっぽいやつが多くて嫌やねん」

「なんやとヤダのくせに生意気や！」

柔道部の金は、いきなり内股をかましてきた。

「痛っ！」

ヒデキは思い切り地面に尻もちをつきながら叫んだ。

「深夜放送を聴いてるくらいで、大人になったつもりになっとったらあかんで」

「大きなお世話や。僕は親や先生の言いなりになって東大行って、人生を大人しく送るつもりはないんや」

すると、金はさらに首根っこをつかんでヒデキを吊《つ》り上げる。そこにニヤニヤしながらカツタが現れた。

「アホでも相変わらず口だけは偉そうやな。選挙も勝てへんくせに。どうせ小説家ていうんも口だけやったんやろ」

次は金に蹴りでも入れられるかと思った。

「金、こんなやつ相手にすることあらへん。行こうや」

「そうやな、時間の無駄な」

金はそのままヒデキを下ろすとカツタとともに立ち去っていった。

学年の人気者カツタと番長格である金に目をつけられた。しかも以前からカツタがヒデキをはっきりと嫌っていることは感じ取れていた。

「このままいじめに遭うんやろうか」

不吉な予感を覚えながらも、受身を取れずに痛めた手首を押さえながら、さっさと家路についた。


ヒデキの予感はすぐに現実のものとなった。

翌日、学校に行くと、コバがいきなりからんできた。

「カツタと金に聞いたで。お前、授業を真面目に聞くのが、あほらしいんやって？」

「教師や親の言いなりになりたくないと言っただけで、授業を聞かんとは言ってないし、ちゃんと学校に来てるやろ」

そこにタイミングが悪いことに騒ぎを聞きつけたカツタが金を連れてやってきた。

「なに、おもろそうなことやってんねん」

「なあ、ここはヤダ君の望み通りにしてやろうや」

「そうやな」

そう言うと三人はヒデキの両手両足を掴《つか》んだ。

「なにするんや」

三人につかまれたヒデキは、そのまま前の黒板の脇に置かれた木製のゴミ箱に入れられ、外から蓋をしめられた。

「学校に来ているだけで、先生の言いなりにならんと、授業も聞かんのがお前の望みやろ」

「そこでおとなしくしとれ」

「ヤダのくせに調子乗んなよ」

幸いゴミ箱のなかに生ゴミはなく、紙ゴミだけだったので臭いはそれほどひどくはなかった。

「助けてくれ！」

ヒデキは何度も叫ぶのだが反応はなかった。みんな気づいているのに助けてくれない。

チャイムが鳴り、次の国語の授業も何もなかったかのようにして始まった。灘では出席を取らないので欠席扱いにはされないが、みじめでならない。ヒデキはみじめさのあまり助けを求めることをやめていた。

結局、50分間をゴミ箱のなかで過ごした。

授業が終わると、コウがゴミ箱を開けに来た。

「大丈夫かい？」

ヒデキは無言でうなずいた。

「ナガタ、余計なことすんなや」

それに気づいたカツタが教室の後ろからコウを咎《とが》める。その横にいた金が大きな声でヒデキに聞いてきた。

「どうや、ちゃんと机に向かって授業聞いとったほうがええやろ」

ここで逆らったら、また閉じ込められかねないので、「確かにそうや」と素直に答えた。

「もっと大きな声で言わんかい」

ヒデキがゴミ箱から出てくると、みんなが笑っているように見えた。

なんて冷たいやつらや。いつもは友達面《づら》をしているのに、信用できないやつらだと思った。

暴力の程度が軽いだけで、例の「怖い」公立中学とたいして変わらへんやないか。

「こいつらと遊ぶより、深夜放送のほうがましや」

ヒデキはまた自分にそう言い聞かせた。

その昼、学生食堂でうどんをひとり食べた。教室に戻ろうとすると、入り口の机で『ダル』というミニコミ紙を売っている三人組が目に入った。

「これなんですか？」

「君、中学生？」

「はい、2年です」

「中2の君にはレベルが高いかもしれへんけど、おもろいから一冊買ってみいへん？」

「僕、谷村新司とかあのねのね大好きなんで大丈夫やと思います」

「それやったらピッタリや」

ヒデキは100円を払って、ガリ版刷りの『ダル』を買った。

『ヤングタウン』を聴きながら、そのミニコミ紙を読んだ。ものの見事に教師がおちょくられている。深夜放送のくだらないノリのギャグも満載だ。

これだけオモロイものを作るとは、すごい先輩がいるもんだと素直に感服した。この日ゴミ箱に閉じ込められたこともすっかり忘れるほど夢中になって読んだ。

翌日もあの三人組の先輩に会えるかと思い、学生食堂に行ってみると、その日はミニコミ紙は売っていなかった。見渡してみると奥のほうで三人揃ってカレーを食べていた。

「先輩、おもろかったです」

「おお、ヤダ君か。それは嬉しいな」

黒縁の目立つフレームの眼鏡をかけたリーダー格の男・モリヤマが言った。

三人はヒデキを社会科学研究部、通称社研の部室へと案内してくれた。

部室には、おそらく灘校闘争のときに使ったものであろう白いヘルメットがいくつか落ちていた。壁には「米帝殲滅《せんめつ》」「ブルジョワの搾取を許すな」「毛沢東独裁に鉄槌《てっつい》を」など、昔よく見られた左翼文字で落書きがしてある。

当時のヒデキは学生における左翼同士の激しい争いを知る由もなかった。新聞を熟読していたので、関西における社会党と共産党の喧嘩別れのことくらいはある程度知っていた。

「みなさん、サヨクなんですか？」

「サヨクはウラタだけや。この部室があるのと輪転機が自由に使えるから使ってるだけや」

当時のサヨクはビラをまくことを好み、輪転機は必須アイテムだった。それが『ダル』の印刷に使われていたというわけだ。

ウラタはおかっぱ頭で、ツルの部分が銀色のメタルになっている当時流行《はや》りの黒縁眼鏡をかけていた。過激な左翼には見えず、いつもニコニコしていた。

「社研も昔は隆盛を誇っとったけど、今は開店休業やから。クラモチ先生に誰かスカウトしてもらわんと」

顧問である倫理のクラモチ先生は札付きのサヨクとして知られていたが、生徒には人気があった。1970年代になって左翼学生が激減するなか、社研はクラモチ先生の人気だけでもっているのだろう。

「部の予算と輪転機のおかげで『ダル』が続けられてるんやから、ありがたいけどな」

「俺もしゃあないと思ってる。灘はブルジョワの集まりやから。同志を集めるのは大学に入ってからや」

「ということで僕たちは、君を社研に引き込むつもりはない。興味があったら記事でも書いてくれると嬉しいけど」

「せっかくですけど」

小説家を断念して、深夜放送の投書も思いつかないヒデキには自信がなかった。

「無理せんでええよ。どうせ勉強もスポーツもせえへんから、暇潰しでやっとるだけや」

もう一人の男、トクヤマが口を開いた。トクヤマは尼崎のフケというところに住んでいた。

話を聞くと、三人は2年先輩の高校1年生。見事に落ちこぼれて「灘校三バカ」と呼ばれていた。

「先輩やからって敬語を使わんでもええよ。アホのモリヤマで十分や」

「じゃあ、俺はサヨクのウラタかな」

「んで、あいつはフケのトクヤマや」

「うっさいわ、ボケ」

勉強だけが取り柄の学校で落ちこぼれた人間の自嘲なのだろう。ヒデキにもわかるところがあった。

時計を見ると、1時になっていた。午後の授業が始まる時間だ。しかし、三人は特に気にする様子がない。

「ヤダ君は授業に戻ったほうがいいんやないか」

「いえ、大丈夫です」

どうせ出席を取らないのはわかっていた。57人もいるクラスで一人くらい抜けてもわからない。実際、自分がゴミ箱に閉じ込められても、教師は気づかなかったくらいだ。

結局、ヒデキもこの三人のダルいトークにもう1時間つき合うことにした。

部室を見渡すと、左翼文字で埋まる部室の壁と、積み上げられたビラ、そして、クラモチ先生のコレクションと思われる難しそうなマルクス・レーニン主義の本が並んでいた。机の上にも見たことのないB6サイズのユニークなイラストが表紙になっている雑誌が何冊も置かれていた。

「これなんですか?」

「好きに見ていってええで」

表紙には『プレイガイドジャーナル』と書かれている。

ペラペラっとめくっていくと、「風噂聞書」というコーナーがあり、関西フォークや演劇のネタが軽妙な書き口で紹介されている。エッセイも面白そうだ。三人はこの世界に憧れてミニコミ紙を作っているのだろう。

「面白そうですね」

「そうやろ？　東京に『ぴあ』という似た雑誌があるんやけど、こっちのほうが古いし、あっちは単なる情報誌や」

深夜放送を通じて東京に憧れ、関西はお笑い文化ばかりだと思っていたのだが、こんなディープな文化が関西にもあることは衝撃だった。

「まっ、ゆくゆくは俺らも東京に行くんやろうけど」

「どうせ、慶應か早稲田やけどな」

「せいぜい一橋やな」

落ちこぼれを自覚してか、東大や京大が無理だとわかっているようだ。ただ、それでも一橋早慶というのはさすが灘だ。ヒデキはそれならアメリカの大学のほうがいいと思ったが、それは口にしなかった。

その一方で、東京でメジャーになれないなら、関西でディープにやっていくのもいいかなとも思った。

その後も、ヒデキは社研の部室に時折立ち寄るようになった。

深夜放送のほうは相変わらず東京の番組を聴いていたが、関西フォークも捨てたものではなかった。

左翼のウラタさんは部室のフォークギターで『山谷《さんや》ブルース』をよく熱唱していたが、ヒデキは西岡恭蔵が好きだった。深夜放送で聴いた『プカプカ』は、ヒデキの口をついて出てくる唯一の歌と言っていい。

一方で、ヒデキはアメリカ行きを狙いながら英語の勉強を続けていた。

中2の3学期の期末試験が返ってきた。ほとんどの科目が相変わらずの低迷状態だったが、ヒデキにとって重要なのは英語の得点だった。

86点。

これまでの最高点だった。だが、クラスでは12番。いくら勉強しても上には上がいる。

これが灘の怖いところだ。夢はまだぼんやりしているが、ちょっとだけ学校が面白くなってきたところで中2が終わった。

第五章

ヒデキ、生徒会役員を志望

中3になってもヒデキは、授業が終わるとすぐに家に帰り、昼寝をして、夜になると深夜放送を聴くという生活を続けていた。

通学の電車のなかでそんな話をしたところ、横からコウが眉をひそめて言った。

「定年後の元サラリーマンでもそんな生活はしないよ。人間でなく、フクロウのようなもんだ。せっかく灘に入ったんだから、何か頭を使うクラブでも入りなよ」

「そうやけど、入りたいもんもないしな」

「僕の入っている将棋同好会に来たら？」

「将棋同好会？」

「体育会系のクラブと違って時間も取られないし、君みたいに算数が得意だと向いてると思うよ」

コウが数学でなく算数と言ったのには理由がある。あれだけ算数が得意だったコウも、灘中に入ってからはヒデキ同様、数学ができないクチに入っていたからだ。ヒデキが算数はできたけど、数学ができないことも熟知しているのだろう。

「将棋か……。囲碁はやったことあるからできるかもな」


灘には、三つ上の学年に抜きん出て将棋の強いタニガワ先輩がいた。

タニガワさんの名声もあってか、部員数もかなり多く、同好会なのに部室を持ち、部へと昇格する話も出ていたほどだ。このタニガワさんは、天才将棋少年・谷川浩司の兄であった。

常々、コウは弟・浩司のすごさを語っていた。小学生ながら内藤國雄と対局して善戦したこと、中学生でプロになれそうなことなどヒデキは延々と話を聞かされた。

「タニガワさんから聞いた話なんだけどね、父親が二人を見て、弟のほうには『お前は賢いから将棋の道で頑張れ』、アホなほうの兄には『お前は将棋では食えないから、受験勉強でもしておけ』と言われて、灘に入ったそうなんだよ」

この頃のヒデキは、たまたま中学受験の勉強ができただけで、実は頭の悪い人間なのだと思うようになっていた。でも将棋をやってみれば、自分がどれくらい地頭《じあたま》がいいのかがはっきりするような気がした。

将棋をやって勝てるのなら、自分もまだ捨てたものではないし、勉強もちゃんとやればできるようになるかもしれない。将棋も弱いとなれば、予想通り、本当は頭が悪かったんだと諦めもつく。

ヒデキはコウに頼んで、将棋同好会に連れて行ってもらうことにした。

早速、手始めにコウと対局したのだが、まったく歯が立たなかった。一応、相手の出方を推理するのだが、ものの見事にコウの術中にはまり、僕の駒を取ってくれといわんばかりの指し手になってしまう。

「歩三兵《ふさんびょう》というのを知ってる？　相手は王と歩三枚だけというハンディをつけて戦うんだ。ヤダ君は初心者だから、そこから始めるといいと思うよ」

一回対局しただけで、そのくらいの実力差があると判断されたのだろう。なんだかバカにされた気分だ。そこまでハンディをつけられたらさすがのヒデキも負けていられない。

とにかく、その歩三兵で再度コウと対局した。

あっという間に完敗だった。全部駒が揃っているのに、攻めれば攻めるほど駒を取られていく戦況は、ハンディなしのときとまるで変わらなかった。

「コウ、ホンマは頭ええんやな」

「そんなことはないよ。ヤダ君だから言うけど、実は、去年の暮れに学校から呼び出しがあって、今のままの成績じゃ、高校に上がれないって言われたんだ」

「えっ、全員上がれるんとちゃうん？」

「そう思ってたんだけどね。強制でなく、退学勧告ってことかな」

「お前は、国語もちゃんとできるし、算数やって天才的やのに」

「まっ、勉強がつまらなくなったんだから、仕方がないよ」

「つまらなくなった？」

「そう、僕はもっと哲学的に物事を考える力をつけたかったし、そういう話ができる相手がほしくて灘に入ったんだ。でも、なんだかみんな型にはまった勉強しかしてないしね」

「ホンマにコウの言う通りやわ！　もっと世界の役に立つ勉強をしたいよな」

コウはやはり天才だ。ヒデキは確信した。コウの言う「哲学」にはまったくついていけなかったが、自分もコウと同じ人種であるかのように振る舞った。

灘で成績が急落するのは、凡人の子だけだと思っていたら、高学歴の親を持つコウもそうだと知ってなぜかホッとした。

「将棋は、ちゃんとやり方を覚えれば強くなるよ。定跡といって、決まった指し手のパターンをたくさん覚えたほうが強いんだ」

コウはそんな状況なのに屈託なく、ヒデキに将棋同好会に入ることを勧めた。

「やっぱり、ええわ」

勉強も、将棋もテクニック次第でできるようになることなど、ヒデキには想像もできなかった。

5月は灘校生がもっとも楽しみにしているイベント、文化祭がある。

灘は京阪神地区ではもちろん、全国でも屈指の頭のいい子どもが集まる学校である。金持ちの子も多いし、私服通学なので、一説によると関西で一番女子校生にモテる学校と言われたりもする。そのため、文化祭は大変な盛り上がりようだ。

なにせ全校生徒1200人に対して、5000人もの女子校生がこの文化祭をめがけて押し寄せてくる。灘校生にとっては最大の出会いのチャンスなのだ。

あまり学校の行事に参加しないヒデキもこのときばかりは張り切らずにはいられない。だが、ヒデキはどのサークルにも所属していないし、クラスの出し物にも参加しない。いわば「はずれ学生」だった。

小学生のときから女の子にモテた覚えもまったくない。しかしそんなヒデキですら、文化祭の3日間で三人の女の子と話すことができた。

そのうちの二人は甲南女子の制服を着た女の子だった。ひとりは当時テレビで人気のあった浅田美代子に似た清楚《せいそ》で可憐《かれん》な子だった。もうひとりも「エミでーす」と舌ったらずな感じがかわいかった。連絡先は聞くことができなかったけれど、ヒデキにとっては心躍る時間だった。

三人目の女の子とは、連絡先の交換をする直前のところまでいった。しかしそこで、カツタとコバが歩く姿が遠くに見えたのだ。

「ちょっと用事済ませてくるからここで待っててや」

ヒデキはその場を離れ、カツタたちが過ぎ去るのを見計らって5分後に戻った。すると、その女の子は別の灘校生と楽しそうに話していた。なんともやりきれなかったが、ヒデキは文化祭を後にして家路についた。

クラスには、十人も二十人も連絡先をゲットしたモテ男がいた。ヒデキは得意げに自慢する同級生を見て、スポーツも勉強もできないうえに、女の子にもモテない自分のコンプレックスをさらに深めることになった。

ただ、6月になると、ヒデキはまたあることに揺り動かされた。

去年、惨敗したにもかかわらず、性懲りもなく、選挙に出たいとウズウズしてきたのだ。友人と協力して、みんなの前で自分が掲げる政策を話し、旧来型のシステムを批判する。その高揚感は、経験した人にしかわからない。どんな選挙の泡沫《ほうまつ》候補者であっても、何期も代議士を務めた人であってもそれは変わらないだろう。

去年新設された「中学委員長」のポストは、すでに廃止となっていた。もっとも、ヒデキは中3で中学委員長になるのはつまらないと考えていた。

今年のヒデキは、昔からの懸案である「中学生に副会長のポストを一つ寄こせ」をスローガンに闘うことにした。

そこでまた、サカグチ塾時代の仲間たちに食堂に集まってもらった。

サカグチ塾の友達は比較的好意的だった。見たいテレビを我慢し、遅い時間まで塾に通い、帰りにオッチャンのたこ焼きを食って、中学受験を一緒に乗り越えてきた連帯感がそうさせているのかもしれない。同じ釜の飯を食った仲とはよく言ったものだ。

「さすがに高校に行っている先輩には頼めへんけど、後輩の票ならなんとかするわ」

中学卓球部でエース格になっているイケヤマは頼もしかった。

「ふだんしょぼくれかえってるヤダが、選挙になると元気になるのは、見てて嬉しいで」

ヤスモトは本当にいいやつだ。

「こうやって、みんなで久しぶりに集まって、一緒になんかやるのも年に一回くらいあってええからな」

同い年のはずなのに、なぜか長老格のヨリスギの言葉は、勝てそうにないことや来年もまた選挙に出ることを示唆しているのがなんとなく透けて見えたが、それでも助けてくれることは約束してくれた。

少なくとも選挙運動を手伝ってくれる仲間が見つかったのは心強い。

続いて、社研の部室に、「灘校三バカ」を訪ねた。

モリヤマは、いつになく真面目に相談に乗ってくれた。

「他ならぬ、ヤダ君の頼みとあれば協力してあげたいけど。知っての通り、僕ら、この学年では浮いてるからな。副会長は、僕らの学年からも出るはずやからそいつの手前もあるし。まっ、頼める限り頼んでみるわ」

ウラタも左翼であるのに、頼りない。

「下の学年が上の学年にチャレンジする階級闘争は大賛成や。でも、社研の下の学年というても、六人しかおらへんし、『ダル』編集部にいたっては僕ら三人だけやからな」

社研は風前の灯《ともしび》といった状況にあった。左翼の時代は、この頃からもう終わり始めていたのだ。

「少しでも助かります。高校生の票は先輩だけが頼りですから」

「都合のええときだけ、先輩て言うんやな」

まさに図星だったが、とにかく選挙は票割が一番のポイントだ。高校生の票を何票切り崩せるかにかかっている。

他に有効な手はないか。

ヒデキは、カツタが地学部であることを思い出した。あのいけすかないカツタにお願いするのはシャクだが、背に腹は代えられない。教室の後ろで金とコバとたむろしているカツタに勇気を出して声をかけた。

「カツタ、今日はお前にお願いがあって来たんや」

「ヤダやないか。お前、ゴミ箱くさくてかなわへんからあっちいっとけや」

金とコバがニヤニヤ笑う。ヒデキは下唇を噛《か》んで深々と頭を下げた。

「今回の選挙、俺の応援にまわってくれへんか」

「カツタ、かわいそうやから応援してやれって」

「うっさいわ、ボケ」

横からの野次をいなすと、カツタはヒデキを見下ろして一笑に付した。

「今回は、うちは会長と文化委員長のポストを取りに行くことになってるんや。お前なんかに票を回したら、上の学年からよけいな恨みを買って、肝心の選挙で負けてしまうやろ」

カツタは、地学部の先輩の覚え目出度《めでた》く、中学生の票の取りまとめの責任者になっていた。

「今年もお前の負けは確定やけど、せいぜい頑張り」

50票を握る地学部の票をもらえないのは痛い。だが、これ以上カツタを説得するのは無理だ。というより、カツタは落選確実候補として、ヒデキを見下していた。相変わらず嫌なやつだ。

こうして、ヒデキは得票を読めないうえに、組織票をほとんど固められないまま、選挙戦に突入した。


選挙戦はさえないものとなった。

副会長のポストは二つあるのだから、中学生の票をきちんと押さえれば、当選の見込みは十分あるのだが、前年の落選候補というイメージの悪さが災いしてか、下級生からの評判も芳《かんば》しくない。

文化系のクラブの予算は生徒会が握ることもあって、ヒデキは予定調和を壊す候補者という扱いを受けていた。地学部をはじめとして、「投票してはいけない候補者」としてヒデキを見るクラブが数多くあった。

要するにクラブ単位で、どの候補に入れるかを鮮明にして、勝ち馬に乗って予算を増やしてもらおうという「土建選挙」のようなことが行われていたのだ。

「やっぱりダメだね」

選挙が始まってまだ3日しか経っていないのにコウはこうつぶやいた。サカグチ塾の面々にも暗い雰囲気が立ち込める。

「まあ、落ちても死ぬわけやないし」

「死ぬかもしれへんやろ！」

「もうええやろ、ヤダ」

「なにを諦めてんねん！　最後の最後まで頑張るしかないやろ！」

とヒデキは目を赤くして言い返すのだが、頑張る以外に逆転の切っ掛けとなるパフォーマンスはなにも思いつかなかった。

「副会長のポストは二つあります！　ひとつだけでも中学に譲ってもらえないでしょうか？」

高校の教室では泣き落としのような訴えをやった。

「三バカ」の面々も、廊下から「そうや！　そうや！」とサクラになってはやし立ててくれる。

だが、いかんせん迫力がない。

票が大きく動いた手応えはまるでなかった。

選挙当日になっても状況は何も変わらなかった。正直に言えば、勝利は難しいと自分でもわかる出来だった。

選挙は、学科のテストと似ている。

選挙運動も慣れてくると、その日の出来が自分でもわかるようになるのだ。「できなかった」「ダメだった」という実感は特にわかる。選挙も勉強と一緒で、努力した分だけ結果として出るとは限らない。かといって努力しないと何の結果も得られない。諦めモードに入って、気を抜いた運動をした瞬間から票は逃げていくのだ。

開票にはヒデキも一応立ち会った。さらにコウやサカグチ塾の面々だけでなく、三バカも立ち会ってくれた。その表情は誰ひとり明るいものではなかった。

地学部メンバーとして立ち会っていたカツタが、ヒデキたちに近づいてきた。

「みなさんお揃いのようで。負けるとわかってて立ち会うんは、バカのやることやないの」

誰も言い返すことができなかった。

「NHKの開票速報やないけど、開けたとたんに当選確実と落選確実がわかるのもつまらん選挙やな」

前半どころか、中1の開票が終わった時点で、勝負はついた。地学部の会長候補、文化委員長候補が圧勝で終わった。

「ありがとうございました」

すぐ横で地学部が当選を喜び合っているなか、ヒデキは素直に頭を下げた。

「人間、偉くなんかなったってロクなことあらへん」

やはり左翼なのだろう。ウラタが変な励まし方をしてくれた。

選挙に勝ったからといって偉くなるとはまったく思っていなかった。でも、勉強もスポーツもできない、女の子にもモテない、小説家も断念したという状況で、選挙に勝つことで、自分のアイデンティティのようなものをつかもうとしていたのは事実だ。

灘で生徒会長になれば、東大に行けなくても、将来、政治家になれるかもしれない。そんな甘い考えを持っていた。

「そう言われればそうや」

ヒデキは精一杯の強がりをした。落ち込んでいる姿をみんなには見せたくなかった。ただ、何の取り柄もないまま、灘中生活が終わってしまうと思うと、ひたすらに哀しかった。

その翌日の帰り際、数人の中1グループにショックなことを言われた。

「あっ、灘校の〝高田がん〟や」

「ホンマや、高田がんのくせに落ち込んでるで」

〝高田がん〟は、ヒデキの世代では泡沫候補の王者として絶大な知名度を誇った政治運動家である。

反共全国遊説隊隊長を名乗り、1963年の東京都知事選を皮切りに、70年代には、ほとんどの首長選挙、国政選挙、はては市区会議員の補欠選挙まで立候補を続け、総計70回以上の落選を繰り返した「選挙運動の猛者《もさ》」である。

高田のだみ声による選挙演説は、一部の人たちには人気があった。だが、ヒデキからみると、高田はいけ好かない男であった。それにウラタらの影響で心情左翼になっていたこともあって、ヒデキにとって高田がんは考えが正反対の存在だった。

「たった2回落選したくらいで、なんで〝高田がん〟の扱いを受けなあかんねん」

心のなかでヒデキは叫んだ。

しかし、ヒデキの悲痛さとは裏腹に、ヒデキを「灘校の高田がん」と呼ぶ生徒は日増しに増えていった。

この呼び名がその後の何年もずっとヒデキについて回ることになるとは、ヒデキはまったく予想もしていなかった。

落ち込んでいるヒデキに、三バカは優しかった。

その一人であるトクヤマは顔が白く長髪で、貴公子然としていた。白シャツに紺のブレザーというファッションも、灘ではあまり見かけない格好だった。

「こいつ、スケコマシねん」

モリヤマが言うように確かに女性にモテそうだ。ただ、スケコマシというよりインテリ色男という感じがあった。

「君、地理や歴史に興味はある？」

突然、トクヤマが聞いてきた。はっきり言って文系の科目は嫌いだ。単純暗記はヒデキのもっとも苦手とするところだった。東京の中学の入試には社会科があると知ったときは、「灘にはなくてよかった」と本気で思ったくらいである。

「あまりないです」

「そうか。実は僕、地理歴史研究部の部長をやっているんだけど、高2いっぱいで引退になるんだ。ところが、この伝統ある地歴部は、僕より下の学年の部員が一人もいないんだ」

「えっ？」

『ダル』の編集をしているだけで、トクヤマが社研の部員ではなく、地理歴史研究部の部長だったことをこのとき初めて知った。

「つまり、今年中に誰か引き継いでくれる人を探さないと廃部になるんだ。さすがに潰すには惜しいんでね」

「確かに」

「廃部になるというんは、伝統がなくなることだけやなく、部室の権利も、部の年間予算もパーになってしまうことやしね」

真面目くさった説明をしていても埒《らち》が明かないと思ったのだろう。モリヤマが口をはさんだ。

「ヤダ君ならわかるやろうけど、年間4万円を好きに使えて、そのうえ部室も手に入るということや」

悪くない条件だ。

「地理や歴史に興味がなくてもええんですか？」

「そうや。ええ話と思うんやけどな」

「確かにええ話です。ぜひやらせてください」

トクヤマは喜んで頷《うなず》いた。

「あんまり、重く考えんでええから。とりあえず、来年の文化祭の準備さえしてくれればええ。他には何のデューティもないし」

もちろん、ヒデキもそのつもりだった。文化祭までは1年近くもあるし、ラジオの深夜放送ファンになっても、新聞は必ず毎日読んでいる。歴史は嫌いだが、地理の研究発表くらいならなんとかできるだろう。

なにより、部室と部の予算が手に入るのは嬉しかった。

部の予算で買い食いするのはまずいだろうが、領収書をもらえば、買いたい本はおそらくなんでも買える。選挙でのビラ作りもこれまでは自腹を切っていたが、紙代やその他のコストも、部費から使えるようになる。

トクヤマはヒデキを部室に案内した。

社研の部室と違って地歴部の部室は殺風景そのものだった。

机の上にはアイビー雑誌としてお馴染みの『MEN'S CLUB』が置かれ、本棚には司馬遼太郎の小説が並んでいた。地理や歴史オタクのサークルというより、軟派な男たちの集まり場所という印象だ。

そして別の机には、コーヒーメーカーが置かれている。

「コーヒーでも飲む？」

トクヤマが言った。

ヒデキは深夜放送を聴くとき、コーヒーを自分で淹《い》れていた。

小さい頃、父親が気障《きざ》な格好で、アルコールランプにライターで火をつけ、サイフォンでコーヒーを淹れていたことがときどきあった。その影響だろう。

ただ、サイフォンを使うのは面倒だし、作りすぎて無駄にすることも多かったので、今は昼寝から起き、食事と風呂を済ますと、ペーパーフィルターでコーヒーを淹れるのが日課となっていた。

それですぐに勉強を始めるのならいいのだが、ヒデキの場合、コーヒーを淹れるのは深夜放送を聴くための気合いを入れる儀式のようなものだったのだから世話はない。

ただ、コーヒーメーカーを使ってコーヒーを淹れてもらうのは初めてだった。

「ありがとうございます」

「僕は、どうもインスタントがダメなんだよ」

ヒデキも同じだった。遠藤周作先生は、コーヒーのコマーシャルで「違いがわかる男」となっていたが、小学生のときから父親のサイフォンで淹れるコーヒーを嗜《たしな》んでいたヒデキにとって、所詮、インスタントはインスタントでしかなかった。

しかし残念ながら、トクヤマがコーヒーメーカーで淹れてくれたコーヒーは、香りがイマイチだった。

トクヤマはクリープと角砂糖を差し出した。中2くらいから、「深夜放送の友」としてコーヒーを飲むようになったヒデキには、コーヒーはブラックで飲むものと決まっていた。

「そのままで大丈夫です」

「君、ブラックで飲むんだ?」

「ラジオを聴くために、コーヒー飲んでいるんで」

「かっこいいね。そういう大人びた君にこのクラブを継いでもらうのは本当に嬉しいことや」

この褒められ方は嬉しかった。

こうして、ヒデキは部室と部費を手にすることになった。

トクヤマからは伝えられていなかったが、地歴部を引き継いだヒデキの最初の仕事はソフトボール・チームの結成だった。

灘では、文化系であっても各部活がソフトボール・チームを結成し、毎年リーグ戦を戦うのだ。もともと負けん気の強い人間が多く集まる学校だけあって、ソフトボールでも、すべての部が試合になると本気を出して戦う。

灘は、戦前に田舎だった地域にできたこともあって、練習するグラウンドには恵まれていた。学校の近くを通る国道2号線の向かい側にも広大なグラウンドがあった。主にサッカー部や野球部が使うのだが、毎日使うわけでもないので、週2回くらいは放課後にソフトボールの試合ができた。

そして、おかしな話だが、チームの強さが部の威勢を示すものとなっていた。

地歴部のメンバーは、サカグチ塾時代からの親友であるヤスモト、ヨリスギ、イケヤマ。イケヤマは卓球部と兼任だ。そして、中1のときに通学電車で乗る駅が同じだったよしみでなぜかいつも味方をしてくれていたヤマダ。頼りないものの、ユモトも入ってくれることになった。

しかし、ソフトボールをやるには、あと3人足りない。

仕方がないのでコウに相談すると、「スポーツには興味がない」と一蹴された。それでも、「将棋同好会で身体を持て余している人がいないか聞いてみるよ」と世話を焼いてくれた。

結局、将棋同好会からは4人の参加が決まった。

イトウは眼鏡をかけ、ヒラメのような顔をしていたので、メガペチャというあだ名で呼ばれていた。

ツボイは愛媛出身のオッサンくさいやつだったが、歴史には相当詳しかった。

ワタダは、色黒なうえに髪も天然パーマで、スヌーピーでおなじみの漫画『ピーナッツ』に出てくる黒人のフランクリンにそっくりだった。フランクリン同様、クールで真面目なやつで、ソフトボールにあっては強打者だった。

そして、ケイジロウだ。灘ではファーストネームで呼ばれること自体珍しい。麻布中から編入してきた、東京の匂いを感じさせるイケメンだった。

灘は東京の麻布中学と提携関係にあり、麻布生が、親の転勤で大阪に引っ越すことになると灘に入れることになっていた。作家の高橋源一郎も同じ経緯で灘中に編入している。

麻布は、東京の御三家の中で一番垢抜《あかぬ》けているとされており、ケイジロウには笑顔がチャーミングなアイビーの似合うシティボーイの風情もある。

「僕も東京にいたんだ。よろしく」

「地歴部、一緒に盛り上げていこう」

東京に憧れ、東京のラジオを聴き続けているヒデキは、久しぶりに東京言葉を使って悦にいっていた。

大阪でも東京の言葉をしゃべれる友達ができたのは嬉しかった。

こうして、念願のソフトボール・チームが結成され、ヒデキとユモトを除いて、運動神経のいい精鋭が揃った。なんだか勝てそうな気がしてきた。

中3になって初めて仲間たちと一緒に、身体を使って楽しむことができる。薄暗い深夜放送族だったヒデキには、ソフトボールをやることでいろいろとふっきれることが多くあった。


初の対戦相手は数学研究会だった。

「ヤダ、ナイスピッチングや！」

ヒデキは先発ピッチャーだった。守備が下手なため、ピッチャーしかできるポジションがなかったのだ。ただ、球速はない分、コントロールはなぜか良かった。

チームメイトに「ようやった」と言われたときは喜びを隠せなかった。

結果は6－3で勝利。

初勝利を機にチームには、週に一度、ソフトボールの試合をやるという新たな日課が生まれた。都合のいいことに、ソフトの試合は通常は土曜日の午後に行われたので、深夜放送のための昼寝にも差し支えなかった。しかし、そのために練習をするというほどのスポーツマインドは持っていなかった。

また、部室があることで、ヒデキの生活にも多少の変化が生じた。部費を使って、近所の生協のスーパーにコーヒー豆やジュースを買いに行き、部室にみんなとたまる日もあった。

深夜放送があまり面白くない月曜は、昼寝の時間を部室でたむろすることにあてた。そして、ユモトやヤスモト、ケイジロウらと花札やコントラクト・ブリッジに興じた。

花札はルールがややこしいが、ゲームとしてちょっと大人びた雰囲気がして好きだった。コントラクト・ブリッジもまた、海外では上流階級が行うカードゲームと聞いていたので、自尊心がくすぐられた。ヒデキも特に強いというわけではなかったが、けっこう楽しめた。

ただし、お金は賭けなかった。

地歴部の連中は育ちのいい人間、別の言い方をするとマザコンの集まりだった。

要するに、お金をかけるような品のないことを両親、特に母親から許してもらえず、中3にもなって、母親の言いつけに従順な子どもの集まりだった。

灘では、いろいろなクラブで麻雀《マージャン》が盛んだった。しかし、ヒデキは母親から麻雀だけは強く禁止されていた。

父親が麻雀狂いで、サラ金からときどき借金をしていたからだ。

「麻雀なんかしても、アホになるだけや。お父さんのようになりたなかったら、麻雀だけはせんとき」

ヒデキがその言葉に素直に従う一方、他の友人たちは、先輩に教えられ、どんどん強くなっていった。しかも賭け麻雀が当たり前なので、莫大《ばくだい》な〝授業料〟を払わされていた。

そのうえタナダは、同学年からもいじめられ、カモにされているという噂が流れていた。

タナダは、九州にある倉庫会社の社長の孫で、三宮の豪邸に住んでいる。小遣いとして月10万円もらっているらしく、そのほぼ全額を金とコバにかもられていた。そのうえ、麻雀部屋まで、飲み物やお菓子を買いに行かされていた。

そんな話も聞いてか、地歴部では上品にいこうということになった。金を賭けないで花札をやるのは少々味気ないのだが、それはそれでけっこう楽しめた。

第六章 ヒデキ、赤帽かぶってイジメを受け絶望

地歴部のソフトボールは快進撃を続けた。

物理研究会、化学研究会と破り、いきなりの3連勝である。

「このまま地学部にも勝って、俺らがチャンピオンになろう！」

ヒデキのかけ声は勇ましかった。

とにかく、地学部には選挙のときには煮え湯を飲まされている。それになんといっても、カツタが地学部をバックに、学年のリーダー面をしているのも気に食わなかった。

「でも、あいつらは二軍まであって、うまいやつだけが試合に出てくるんや。それに文化系のクラブのくせに週3回も練習してるんやで。試合するのはええけど、勝つというのは、さすがに難しいやろ」

いつも冷静なヨリスギは言った。

「最初から負けるつもりなら、勝てる試合も勝てへんわ。ここは男になる気でいかんと。とにかく、試合を申し込んでくるから、絶対に勝とうや！」

ということで、ヒデキはカツタにソフトボールの挑戦状を叩きつけた。

「まぐれが続いたからって、ようそれだけ思い上がれるな。そんなんやから、2回も続けて選挙に落ちるんやろうけど」

カツタは相変わらず、人を見下すことと、人の傷口をえぐることにかけては天下一品だ。

「まっ、試合だけやったら、なんぼでも受けて立ってやるわ」

宿命の地学部とは二週間後に試合をすることになった。

しかしそれで「練習しよう」とはならないのが地歴部だ。これまで勝ってきたのが不思議なくらいに練習をしない。試合になると負けん気が起こって頑張るのだが、根性とは無縁の人間が揃っている。

こうして練習をしないまま、いよいよ試合の日がやってきた。

地学部のピッチャーは白人のようなルックスで、上品な感じのする男だった。

「これならいけそうや」

ヒデキは内心シメタと思った。

しかし、その投球を見て、自分の甘さに気づかされた。

「速い！」

ソフトボールでの快速球というのはそうあるものではない。しかしこの球は、まるで阪急の山田久志投手のように思えた。

1回は相手投手の快速球にまったくついていけず、三者凡退。その裏の地学部の攻撃。

カキーーーン！

カキーーーン！

カキーーーン！

ヒデキはメッタ打ちを食らって、いきなり3点取られた。

ところが2回表の攻撃。

カキーーーーーーーーーーン！

卓球部で速い球に目が慣れているのか、4番のイケヤマがいきなりのホームランを打った。

「イケヤマ、ナイスバッティングや！」

「速いからって、ビビったらあかん。速い球のほうが芯をとらえたら飛ぶんや！」

カキーーーーーーーーーーン。

この言葉に気をよくしたのか5番のワタダはさらに大きな放物線を描いた。連続ホームランだ。

対するヒデキも開き直って遅い球で勝負することにした。コントロールのよさも手伝って、2回3回と無失点でしのいだ。そして、5回表、ヤマダが同点ホームランを放った。

「この調子なら勝てるでー！」

ヒデキは、相手のベンチで腕を組んで悔しそうな表情を浮かべるカツタに聞こえるくらいの大声で叫んだ。

しかし、善戦もそこまでだった。ヒデキの遅い球に目が慣れてくると地学部の強力打線は確実に点を重ねていった。地歴部にさっきまであった活気もすでにもうない。

9対3。

トリプルスコアでゲームセット。

「惜しかったな。ちょっと舐《な》めてたわ。ただ、お前くらい遅い球なら2軍出したほうが楽に勝てたわ」

カツタのこの一言で、ヒデキはさらにみじめな気分を味わった。

その後もソフトボールは、地学部以外にはたまに負ける程度で、スポーツの苦手なヒデキも、それなりに気分のいい日々を過ごしていた。ここでヒデキを元気にさせるもう一つの珍事が起こった。

ヒデキの贔屓チームである広島東洋カープが快進撃を続け、なんと6月を終えて首位に立っていたのだ。

ヒデキがカープファンになったのには、いろいろな因縁がある。

小学校で大阪から東京に引っ越した際、ヒデキが住んでいた練馬には、やたらにジャイアンツファンが多かった。

地方出身者の多い新興住宅地では、ジャイアンツのファンになることが東京人としてのアイデンティティだったのだろう。また、当時のジャイアンツはまさにV9時代の真っ最中で、「巨人ファンでなければ人にあらず」という雰囲気さえあった。

大阪出身で、いじめられっ子だったヒデキにとって、YGの帽子をかぶるジャイアンツファンは敵以外の何物でもなかった。また、大阪に帰れば帰ったで、今度は阪神ファンがファッションのように押しつけがましくやって来る。

阪急沿線住民なのだし、実力的には阪急のほうが強いのだから、阪急を応援すればいいものの、そういう人はきわめて少数派だった。

ということで、ヒデキは阪神も巨人も嫌いだった。

ところが、そんなヒデキでもアニメ『巨人の星』は好きだった。

このアニメは、巨人ファンだけのものではなかったからだ。

東京にいた当時、東京人にいじめられていたヒデキは、星飛雄馬を好きになれかった。その代わり、貧しい家で弟を養いながら、ひたむきに野球に打ち込む左門というキャラクターが一番好きだった。阪神も巨人も嫌いだったヒデキは現実のプロ野球でも左門が入団した大洋を応援することにした。

そして、このチームをまとめていたのが監督の別当薫だった。慶應義塾大学出身で、眼鏡がトレードマークの別当監督は、グラウンド上では熱血漢だった。そのインテリな風貌や弱いチームを頭を使って強いチームに導く姿にヒデキはあっという間に魅了された。

どちらかというと大洋ファンというより別当ファンだった。

ところが、就任から5シーズン目の1972年は5位に転落した。別当監督は、その責任を取って辞任することに。そして、一度も優勝したことのない弱小の田舎球団、広島カープに引き抜かれたのだ。

その日から、ヒデキは広島カープファンに宗旨替えをした。

すると、1973年のシーズンでは、監督が代わるとこうもチームが変わるのかと思うくらい、カープは急に強くなった。

ヒデキが灘中に入学したこの年、6月の頭にはトップに立つほどの大躍進ぶりだ。

ただ、シーズンが終わってみると元のさやに戻り、カープは最下位でシーズンを終え、別当監督は勇退を表明した。首位巨人とわずか6・5ゲーム差なのに、別当監督は潔かった。

本来なら、別当監督が去るとともにヒデキもカープファンを辞めるはずだった。しかし、灘中に5番で入ったのに、今や下から50番あたりを低迷している自分とカープを同一化してしまい、カープを継続して応援することにしたのだ。

カープファンになったものの、翌年のチームはパッとしないどころか、惨憺《さんたん》たる成績だった。

ヒデキは選挙で負け、成績も低迷し続けていたので、下位に低迷するカープを奮起の糧とした。

しかし、一度もAクラスに入ることなく、8月にはすでにビリが確定した。

するとこのオフ、カープは意表をついて、外国人監督ジョー・ルーツを起用。地味な紺だったチームの帽子とヘルメットの色は、燃える闘志を表す赤に変わった。

翌年の開幕試合は外木場《そとこば》義郎が4安打1失点に抑え、見事な完投勝利を果たした。しかし、10試合を終えた時点では4勝6敗の5位という「定位置」に戻っている。

ヒデキはすでに諦めモードだったが、さらに追い打ちをかける事件が起こった。4月下旬の阪神タイガース戦。判定に納得のいかないルーツ監督が、審判に暴行をふるったのだ。

当然、退場を命ぜられたのだが、ルーツは延々とグラウンドに残った。審判団の要請を受けた重松球団代表が説得に乗り出してようやく、その場は引き下がった。

結局、「試合中の指揮は監督の権限だ。監督の権限と責任を認めてもらえなければ、長嶋でも大リーグの監督でも、ちゃんとした仕事はできない」という理由で、ルーツは退団する。

さらに、6月半ばの巨人との3連戦ではエースの外木場まで打たれて、3連敗を喫する。ちょうど、ヒデキも選挙戦でボロボロになっている時期だった。

ヒデキとカープの同一化はますます進んでいった。

ところがホームの広島に帰ってからカープは勝ち出した。6月末にはなんと首位の位置にいた。深夜放送狂いのヒデキも『ヤングタウン』を中座し、リビングのテレビで毎日スポーツニュースを見るようになった。その年の広島カープには何か違うものを感じた。

実際、7月に入ってもトップ争いを繰り広げたが、ヒデキにとって憎き阪神を甲子園で叩きのめした。3点を先制されながら、シェーンのスリーランホームランで逆転し、3位から首位に再び浮上したのだ。

すると、カープにつられてか、ソフトボールでも初めて地学研究部に勝ったのだ。

ヒデキがピッチャーで、珍しく3点に抑え、味方が6点も取ってくれた。ケイジロウ、イケヤマ、ワタダの打順は他のクラブにも劣らない地歴部が誇るクリーンナップだった。

「たまにはまぐれもあるわ」

カツタは相当悔しそうにしていた。いい気味である。

「まぐれも実力のうちや！」

初めてカツタに勝った。これもカープのおかげかもしれない。

中3の1学期の期末試験は相変わらず、学年で120番前後をうろうろしていたが、英語はクラスで9番に入った。

「このまま行けば、アメリカや」

その一方、カープはやはり例年通り安定せず、前半戦を終えたところで首位の阪神に1・5ゲーム差をつけられて3位に沈んでいた。これはヒデキに対するなにかの暗示だろうか？

「お前も今日から赤ヘル軍団の一員や」

家では相変わらずの暴君だったヒデキは、中2のくせに白樺《しらかば》派の文学青年であり、さらに大人向けの漫画雑誌『ビッグコミックオリジナル』を読む、ちょっとませ始めた弟マサキにカープファンになることを強要した。

もともとはこの雑誌に連載している『あぶさん』の影響で南海のファンだったマサキもセ・リーグではカープを応援するようになった。

「お前のせいで負けたんや。もっとしっかり応援せい」

さらにヒデキは、カープが負けると、部屋でものを投げ散らかしたり、大声で叫んだり、寝ているマサキの太ももにコンパスを刺したりと滅茶苦茶《めちゃくちゃ》をやっていた。

ヒデキの学年には、下宿して通学している広島出身の生徒が五人いた。もちろん、全員がカープファンだ。それは孤立無援と思っていたヒデキには、とても喜ばしいことだった。

唯一の問題は、地歴部のなかにカープファンがいなかったことだ。

メガペチャは阪急ファンだから害はないが、阪神沿線に住むヨリスギは生粋の阪神ファンだし、ヤスモトはなぜか熱狂的な中日ファンだ。ほかのやつらも特に応援している球団もないようだった。

さらに今年は巨人が弱いうえに、阪神が久しぶりに優勝争いに残っているので、みんなが燃えている。それでも、喧嘩になることがなかったのは、多くがボンボン育ちの者たちだったからだろう。夏に入ってからのカープは強かった。

8月の長期ロードも勝ち切り8月が終わった時点では同率2位の中日、阪神に1・5ゲーム差をつけての堂々の首位だった。

しかも嬉しいことに、ヒデキ好みのアンダースローの優男・金城基泰《かねしろもとやす》も復活した。大活躍した昨シーズン後に交通事故に遭っていたその男の投球は、ヒデキを相変わらずしびれさせた。

「よし、今年こそいけるで」

ヒデキは、この頃、カープの調子の良さに乗じて強気になっていた。

そんなある日、マサキが学校帰りに梅田でカープの赤い帽子をお揃いで二つ買ってきた。

これまでも兄弟でお揃いの服を着せられることが多かったが、二人で帽子をかぶると、邪魔に感じていた弟も、ちょっとだけ身内に思えた。

「絶対、優勝やぞ」

「お兄ちゃん、当たり前や」

いつもマサキは素直だった。

2学期が始まる日、その赤い帽子をかぶって灘中に向かった。

私服通学でも、この赤い帽子が目立ったことは確かだ。ヒデキは長髪だからなおのこと目立った。

すると、通学途中にカツタが目ざとくヒデキを見つけ、話しかけてきた。

「お前、いつから広島カープファンになってん？　強なるとすぐ勝ち馬に乗る卑怯者《ひきょうもの》やな、お前は」

「卑怯者」という言葉にはかなりむっときたが、抑えた。

「別当さんのときから応援しとるわ。今年は堂々と応援できるようになっただけや」

「どうせ終わる頃には、ビリやろうけど。お前のようにな」

ヒデキはそう言うカツタの目に今までと違う恐怖を感じた。


ある日、ヒデキは教室で『週刊ベースボール』のカープの記事を熱中して読んでいた。記事はカープの快進撃を誉《ほ》めたてている。ヒデキは自然と笑みがこぼれた。

すると、突然、妙な固さのある布が頭の上にかぶさってきた。どうやら柔道着のようだ。

「何、すんねん！」

「うっさい、ぼけ。カープが調子ええみたいやから胴上げや」

「暴れると危ないぞ」

ヒデキは自分の胴に柔道着の帯のようなものが巻きつけられ、しっかり結ばれるのを感じた。

次の瞬間、身体が宙に浮いた。何人かによって持ち上げられたのだろう。「止《や》めろや」と言おうとするのだが声にならない。

そして、身体が落下するのを感じた。

ヒデキは目を固く瞑《つむ》りながら自らが落下するスピードを感じ、大怪我《おおけが》をするのを覚悟した。と思ったら、すぐに落下は止まった。重力のかかった先のほうから、大人数のあざけり笑う声が聞こえてくる。

「なにが起こってるんや」

ヒデキは柔道着で視界を奪われているなか、混乱する頭で今の自分の状況を振り返ろうとした。

自分は、柔道着をかぶされた状態で、3階の窓枠から帯で吊り下げられているのだろう。まるで漫画の世界で起こるようなことが今、自分の身に起きている。

さすがに灘中に通っているやつらだけあって、怪我をさせて自分たちが捕まるのは損だということを考慮しての行動だろう。どのあたりまで吊り下げられているのかわからないが、そこから落ちたとしてもたいした怪我にはならないと計算済みなのかもしれない。

ただ、ゴミ箱に閉じ込められたときよりは、はるかにみじめな屈辱感を覚えたことは確かだ。

「調子こいとるからや」

「ホンマそうや」

上のほうで、金とコバの声が聞こえる。ほかのやつらも笑っているようだった。

灘にカープの帽子をかぶって通うことが、この地域では「調子をこく」ことになるのだろうか？

自分も麻雀のカモにされ、パシリにされるタナダのようないじめられっ子になるのだろうか？

そんなことを考えているうちに、身体が少しずつ上に引き上げられるのを感じた。

そのまま教室の床にうつぶせにされ、柔道着が剝がされた。

「あほ！」

「ぼけ！」

「二度と生意気な真似すんなよ！」

何人かの声が聞こえた。そこにはカツタの声も混じっていた。やつが中心となって仕組んだに違いない。

ヒデキはしばらく顔面を床につけたまま起き上がらずにいた。起き上がったところで、どんな顔をしていいのかわからない。

すると、ちょうど授業開始のチャイムが鳴った。ゴミ箱とは違い、そのまま窓際にいると先生に怒られると思い、ヒデキは仕方なく起き上がった。

「相変わらずさえない面やな」

そういって、授業をサボって教室を出て行くカツタが見えた。

幸いなことに、それ以降、その手の嫌がらせは起こらなくなった。この事件が噂になり、教師の耳にでも入ったのかもしれない。本当に傷害事件になった場合、灘の体面が潰れると思った生徒や教師がいたのかもしれない。

ただ、ヒデキは用心のため、赤帽通学はやめた。

闘争により教師や学校側は服装や髪型の自由を生徒に与えたのに、生徒自身がそれを許さない。そんな不条理にヒデキは耐えられないものを感じながら、つまらない灘中通学を続けた。

そんなヒデキを救ったのは、深夜放送と、好調な広島カープ、そしてソフトボールの仲間だった。

9月に入ってもカープは好調をキープし、首位を走っていた。ただ、首位といっても2位とのゲーム差は1から2程度。接戦からは抜け出せない状況が続いていた。

そんなある日、部室で中日ファンのヤスモトに声をかけられた。

「おい、ヤダ、あれはあかんわ。やはり、広島の民度の問題やないんか?」

広島対中日だと、試合中継は放送されない。そのため、新聞で知ったのだが、選手たちは乱闘の末、試合後の球場外で約3000人の広島カープファンが押しかけ、中日選手用のバスに向かう通路を取り囲んだという。これは機動隊員が250人も出てやっと沈静するほどの大事件になった。

「確かにこれはカープファンも悪い。僕も暴力は大嫌いだ」

だが、ヤスモトの言い分にそのまま引き下がるヒデキではない。

「しかし、民度とはなんや？　原爆を落とされたうえに、そういう地方差別ばかりされてきた広島人の鬱屈した気持ちがわからへんのか？」

心情左翼のヒデキは、時にこういう物言いをするようになっていた。今年はたまたま強いがふだんはパッとしないカープのファンであるというのも弱者、貧乏人の味方というアイデンティティに通じるところがあった。

「別に地方差別なんかしてへんけど」

それ以上返してこないヤスモトに、ヒデキはこう重ねた。カツタにやられた鬱憤も多少あったに違いない。

「だいたい、今の日本があるのも広島のおかげとちゃうか？　彼らが多くの日本人に代わって原爆の犠牲になってくれたから、日本は戦争を止めることができた。そうやなかったら、一億総玉砕の道に邁進《まいしん》していたか、あちこちで原爆が落とされたはずや。お前も地歴部の一員なんやから、そのくらいのことはわからんと。それやのに、戦後、広島は貧乏で、チームもろくな補強ができずに煮え湯を飲まされ続けてきて、原爆を落とすもとになった東京は大繁栄。金にまかせて野球も強い。名古屋やってトヨタで繁栄しとる。暴力はもちろんあかんけど、もうちょっと広島の人間の身になってみいや。少なくとも民度という言葉には謝るべきや」

「わ、わるかった」

ヒデキの言葉に圧倒されたヤスモトは、何の落ち度もないのに謝る羽目になった。

その後、カープは、ジャイアンツに3連勝して優勝をほぼ確実なものにする。最下位といえど、ジャイアンツに勝つのは格別である。ただ、幸せな日はそう長くは続かないのが現実だ。ある2時間目の授業後の休み時間のことであった。メガペチャが突然、ヒデキの教室に入ってきた。

「ヤダ、逃げたほうがええぞ。金が、昼休みにお前をプールにはめる計画を練っとったわ」

「え！」

カープの快進撃がよほどやつらの反感を買ったのだろう。さらにヒデキが今年の夏に水泳教室をさぼったことも原因かもしれない。

3階の窓から吊り下げるよりははるかにちょろいいじめなのだろうが、泳げないヒデキにとっては、これはものすごい脅威であった。

「メガペチャ、ありがとな。恩にきるわ」

4時間目の終わりがけにヒデキはこっそりと教室を抜け出した。夏場は後ろの扉が開放されているし、58人もいるクラスで一人くらい抜けてもわからない。

一目散で向かった先は地歴部の部室だった。

とはいえ、鍵はドライバーであけられる粗末なものである。数人で襲いかかられたら、捕まってそのままプールにドボンだ。

そう思っていたヒデキの目にベニア板を切る用の鋸《のこぎり》が目に入った。

「いざとなったら、これで防戦するしかないわ」

噂は本当だったようで、昼休みが始まって5分くらいすると、金とコバをはじめとする五、六人の男たちが部室の前に集まってきた。

「あけろや、何もせえへんから」

「何もせえへんわけないやろ」

ガチャっという音がした。

ドライバーで簡単にドアノブがはずされた。それと同時にワッと男たちが部室のなかに入って来た。

ヒデキは部室の机を盾にして、鋸を振り回した。

「危ない、止めろや」

「危ないのは、お前らやろ」

やけくそ状態になっていたヒデキは、鋸で相手が怪我をすることなどおかまいなしだ。

「うぉー!!!」

狂ったように叫びながらヒデキは鋸を振り回し続ける。ヒデキの声は部室のなかだけでなく、学校中に響き渡った。自分でもこんなに大きい声が出るのかと驚いた。

「うぉーー！！！！！」

その声はますます大きくなった。

なだれ込んで来た金たちが、叫び続けているヒデキを呆然と見つめている。どうすればいいのかわからないのだろう。

やっと口を開いた金が言葉を発した。

「ヤダ……お前大丈夫か……」

いくらヤンキーでも、人間が狂ったところは見たことがなかったのだろう。

「うぉー!!!」

それでもまだ鋸を振り回し続けるヒデキを気味悪そうに横目で見ながら、男たちはゾロゾロと部室を出て行った。


この年、カープは悲願の初優勝を果たした。

2位中日との最終的なゲーム差は4・5。堂々たる優勝である。

しかし、日本シリーズは常連の阪急ブレーブス相手に2試合は引き分けたものの一度も勝てずに終わった。

「やはり、野球は実力主義やないと。人気のセ・リーグと、僕らパ・リーグの野球は違うから」

阪急ファンのメガペチャもこのときばかりは、雄弁だった。

「僕ら」とは言われたくないが、カープの負けは素直に認めるしかない。

阪急というのは、強いチームであったが、あまり人気のあるチームではなかった。

ところが、日本シリーズでは、相手が阪神を打ち破った広島ということや、阪急が地元チームということもあって、灘でも普段阪神ファンの生徒や教師たちが阪急ファンに鞍替《くらが》えし、圧倒的多数が阪急を応援した。

ラジオを持ってくるやつや部室や職員室のテレビで日本シリーズのデーゲームの中継を見るやつは相当数に上り、阪急が点を取るたびに歓声があがった。


阪急の日本一が決まった際は、ざまはないという感じで、ヒデキも屈辱感を味わった。

それより、今年に限っては、プロ野球シーズンが終わってからの虚脱感というか、喪失感が強かった。

もちろん、カープの応援を続けながら、深夜放送狂いは続いていた。火曜は谷村新司の『セイ!ヤング』。そのあとは中国放送人気アナウンサー柏村武昭《かしむらたけあき》の『オールナイトニッポン』。時に熱くなるカープトークが好きで、朝の5時まで聴くのが日課になっていた。

そんなある日、もう一人のナガタであるナガタヒトシがヒデキに声をかけてきた。

「お前、留学したいってホンマ?」

「ああ、そのために英語勉強してるんや」

「AFSって知ってる?」

「なんや、それ?」

「交換留学制度や。試験を受けて、タダで1年、海外に行けるんや」

「ホンマか?」

ヒトシの話では、高1と高2でその試験は受けられる。高1で受けると、高2の夏から留学して、高3の夏休みに帰って来られる。大学受験には不利だが、うまくすれば、留年や浪人しないで大学に入れる。

高2で受けると、高3の夏から留学して翌年の夏に帰ってくることになるので、大学入学が確実に1年遅れる。だから、高1でチャレンジしたいとのことだった。

「高1と高2で別の枠でもあるんか?」

「枠は一緒や。兵庫県の枠は3人。やから、高2に勝たんと留学できへん。でも、灘からはあんまり受けへんみたいや。よその学校の1学年上のやつらには勝てると思う。ただし……」

「なんやねん」

「神戸女学院が邪魔やねん」

中2の文化祭でガールフレンドを諦めたヒデキには、久しぶりに聞く学校名だった。

サカグチ塾でも優秀だったユカは、女学院に行った。男に生まれていたら当然灘に入れるくらいの学力の子が女学院に入るのだが、付属校でしっかり勉強しないのか、あるいは女性というのはその後の伸びが悪いのか、東大に入る人はそれほど多くはない。

ただ、ヒトシの話では、外国人の教師もいるので、英語だけはめっぽう強いらしい。しかも、学校が留学を奨励している。高2でAFSの試験を受けて、高3で留学しても、神戸女学院大学にそのまま編入できるという。そこで優秀な生徒がこの試験を受けるらしい。

「確かに、ハードル高いな」

「とにかく、夏の試験まで一緒に勉強して頑張ろうや」

「ああ、よろしく頼むわ」

ヒデキには、人と一緒に勉強するという経験はなかった。でも、真面目な意味で、同志というようなものができたのは嬉しかった。そして、何よりも、日本脱出が夢物語でなく、現実的なルートが生まれたことは、ヒデキには生命《いのち》を吹き込まれたような気がした。

ヒデキの学年は全員がこのまま灘高校に進級したので、中学校の卒業式といっても形式的なものだったが、ヒデキはヒトシと握手をしながらこうつぶやいた。

「なにがなんでも、日本脱出や」

第七章 ヒデキ、アメリカ留学を志望

ヒデキも高校生になった。

灘は、高校から1クラス増え、57人の生徒が入ってくる。

彼らは灘中の1年生と違い、下宿をする者が多い。東大に大量の学生を送り込むような名門校や名門塾が地元にない県では、それぞれの中学校でトップにいた秀才たちがこぞって受けに来る。

なかには、夏休みになると一日20時間の勉強合宿をやるという伝説まで囁《ささや》かれている入江塾の生徒も大量に混じっている。

ここで勝ち残った秀才は、灘に入ると「新高1」と呼ばれる。そして、新高1のうちの35人くらいが東大に入る。そのなかでも10人近くが、受験の最難関とされる東大理Ⅲに入る。

ただ、彼らは、灘中から進学した生徒のカリキュラムに追いつくべく、高1のときは完全に別授業を受けている。そのため、クラブ活動以外ではあまり顔を合わせることはない。

ヒデキは、そんな新高1と出会うことなく、相変わらず、ソフトボール、花札、コントラクト・ブリッジ、深夜放送に没頭する日々を送っていた。

優秀な新高1に刺激されて奮起する、といったストーリーがあればいいのだが、全然交流のないヒデキには、彼らは無縁の存在だった。ただ、そんな勉強の鬼と化している連中はむしろ避けたかった。

そんななか、ヒデキにひとつ頭の痛い課題が持ち上がった。

文化祭だ。

ナンパを諦めたヒデキにとって、文化祭は「学校に行かなくていい日」という位置づけだった。だが、地歴部を引き継いだ以上、何か展示をしないといけない。

もともと地理や歴史などにまったく興味がなかったので、どの歴史事項を取り扱えばいいのかなど、まったく見当もつかない。多くの人が喜びそうな、戦国時代や幕末・明治維新にも食指が動かないのだ。

「それなら、律令制度の税制とかどうや」

歴史オタクのヨリスギにも意見を聞いたが、ヒデキにはマニアックすぎて理解すらできなかった。

読書家の弟マサキに相談するという手もあったが、それは兄としてのプライドが許さない。

そんなヒデキは唯一、経済小説を多く読んでいた。

石川達三の『金環蝕《きんかんしょく》』を読んでは政治の腐敗に怒り、山崎豊子の『華麗なる一族』を読んでは日本の銀行の貪欲さと冷酷さ、そして、土地成金の娘とエリート銀行員が結婚してまで預金獲得をする企業戦士ぶりに驚いた。それと同時にこんなサラリーマンにはなりたくないとも思った。

灘という学校は、頑張って勉強して一流大学に入り、会社の奴隷になって働くという「這《は》い上がり組」とは縁のない、別の種類の人間が多くいる。

ヒデキが、『華麗なる一族』のように、「地元神戸の神戸銀行が太陽銀行を飲み込む話」を取り上げたいと方々に言って回っていたところ、三バカのトクヤマが岡崎財閥の関係者を紹介してくれた。

「それなら。コニシでも紹介すんで」

コニシさんは、ヒデキの1年上の先輩だ。

「岡崎さんのところの話やろ。妻妾《さいしょう》同居とかずいぶんひどいこと書かれて怒っとったようやけど。おじいちゃんに言わせたら、あの家ならやりかねんと言っとったわ」

「岡崎さんって、まさか」

「万俵《まんぴょう》家のモデルになった岡崎財閥とか言われとった家や。財閥解体になったはずやのに、うまいこと神戸銀行だけは岡崎さんのところで継ぐことができて。神戸では神戸銀行と仲よくやらんとやっていかれへんから、けっこう偉そうな家やったと思うよ」

「それがおじいさんとお友達なんですね」

「うちは戦前から石油扱ってたから、確かにお金を借りてた面もあるけど、ずいぶん預金もあったから、向こうもそう偉そうにできへんかったとちゃうかな」

「実は神戸の本物の『華麗なる一族』というテーマで地歴部の出し物にしたいんですけど」

「無理やと思うな。原作者自身が岡崎の家がモデルやということは否定してるし、岡崎さんの家の誰かが取材に応じてくれるとは思わへんわ。僕もそんな話、おじいちゃんにはできへんし」

結局、そんなわけで、この話は断念ということになった。結局、コニシさんの家の自慢話を聞かされただけで、後味が悪かった。

そして、自分のような中途半端なサラリーマンの家の出身では多少勉強して、それなりの大学に入っても、『華麗なる一族』のなかに出て来る「東大を出て、大蔵省に入っても、ぺこぺこする婿養子」のようになるだけだと、よけい哀しくなった。

きっとコニシさんは、東大に入らなくても家を継げるのだろう。そうでなくてもヒデキは勉強ができない。世の中の成功者になるのは無理だと、半ば諦める方向に背中を押されたようにも感じた。

他にも戦後最大の倒産とされた山陽特殊製鋼の話など面白いネタはいろいろあった。だが、コニシさんのような協力者がいない限り、小説のモデルとなった真実の部分を調べる力が自分にあるようには思えなかった。

トクヤマも「コニシが助けてくれないなら、無理やろ」とさっさと匙《さじ》を投げた。

ただ、ヒデキは経済をテーマにした展示をやりたいと思っていた。かつて小学生のときに円の切上げ額を当てたように、経済通の自負はあったからだ。

そんなヒデキが尊敬してやまない作家が城山三郎だった。

父親の勤める鐘紡をモデルにした小説『役員室午後三時』を、中3のときに読んだことが切っ掛けで好きになった。

渋沢栄一をモデルにした『雄気堂々《ゆきどうどう》』でも、綿密な取材ぶりに魅了された。これらを読んで、ヒデキは自分が中学生レベルを超えた経済通になった錯覚をもったほどだ。

そして、小説『鼠《ねずみ》 鈴木商店焼打ち事件』にのめり込んだ。『華麗なる一族』の話を断念した時期に出会ったことに、単純なヒデキは運命を感じた。

天才番頭の金子直吉は鈴木商店という会社をどんどん拡大させ、大正8年当時で売上げを16億円とした。これは当時の日本のGDPの1割を占め、売上げ規模では三井物産や三菱商事を凌駕《りょうが》していた。しかも、スエズ運河を通過する船の通行量の1割は鈴木商店所有のものだったという。

鈴木商店が作った会社は、神戸を代表する企業である神戸製鋼所、帝人、日本商業（現・双日）、播磨造船所（現・IHI）など80社に及んだ。そんな会社が昭和の金融危機で倒産してしまう。

『鼠』ではそういうドラマチックな話が、地元神戸を舞台に展開された。

鈴木商店の全盛期に米騒動が起こった。大阪朝日新聞が「鈴木商店が米の買い占めを行っている」との攻撃記事を出すと、米価の高騰に苦しむ民衆の反感を買い、本社は焼き討ちされる羽目になった。

城山は、綿密な再調査の結果、鈴木商店が米を買い占めていた事実はなく、この捏造《ねつぞう》記事は売上げで後塵《こうじん》を拝した三井物産と朝日新聞の共同謀議だったという説を展開している。

ヒデキも、この城山の説に大いに同感した。

朝日新聞が、大財閥と組んで、新興勢力をバッシングしたことをヒデキは許せなかった。しかも大阪の新聞が東京の財閥にいくらもらったのか知らないが、神戸の会社を叩いたのだ。関西人としての矜持《きょうじ》もへったくれもない。

この問題を文化祭でやらないわけにはいかない。ヒデキは決意をした。

『鼠』をもとに、鈴木商店について調査研究を開始した。

読書嫌いのヒデキが、初めて図書館に行った。関西一の蔵書を誇る中之島図書館だ。

図書館に通うとヒデキは新たな発見をした。

明治時代のものも含めて、新聞のマイクロフィルム版が、中之島図書館では閲覧できるのだ。お金を払えば、その刷り出しも買える。幸い『鼠』には、当時の大阪朝日新聞が、どんなふうに鈴木商店を悪者にしたかの記事が日付明記で引用されていた。

マイクロフィルムからの刷り出しは決して安いものではなかったが、たくさんある鈴木商店関係記事のなかから10個くらい選んで刷り出せば、展示物としては十分に目立つものになる。地歴部は比較的真面目な部員ばかりだったので、部費をそれほど飲食などには使っていない。刷り出し代に十分足りるくらいは残っていた。

調べていくうちに、旧鈴木商店のOB会である辰巳会《たつみかい》という組織を知った。電話番号も記されていたので、ヒデキは恐る恐る電話してみた。

「灘校の文化祭で鈴木商店のことをやりたいと思っています。当時のことがわかる人にお会いしたいのですが」

そこで金子直吉と並ぶ鈴木商店二大番頭だった柳田富士松のご子息とお会いできることになった。

その事務所は、三宮から港のほうに向かう途中にあるレンガ造りの古いビルにあった。エレベーターを降りると「辰巳会」と書かれた事務所があった。

受付のお姉さんにあいさつをすると、白髪のおじいさんが出迎えてくれた。

「君たちみたいな秀才が鈴木商店に関心をもってくれるのは本当にうれしいわ」

「僕は鈴木商店は神戸の誇りやと思います」

「会社が潰れたときに、僕もまだ学生やったから、詳しいことはわからんかったけど、小さい頃から子ども心にすごい会社とは思てたわ。なんか役に立てることがあるとええんやけど」

『鼠』を読んできたこともあったので、結果的に新しい話が聞けたわけではなかったが、英会話の勉強のために買ったラジカセにマイクをつけて、肉声を録《と》ることができた。

当時、女社長としては世界一の売上げを誇った鈴木よねや、伝説の番頭・金子直吉、それを支えたもう一人の番頭・柳田富士松、そして、鈴木の海外事業を一気に引き受け、鈴木が潰れると日商を立ち上げた高畑誠一などの人となりを聞けたのもヒデキにとっては大収穫だった。

こうして、古い新聞記事に往時を知る人間の肉声も添えられた展示となった。そもそも鈴木商店の存在を知らない人が多かったために、その驚きもあってかヒデキの文化祭デビューとしては上々のものとなった。

「自分で言うのもなんやけど、今年で一番ええ展示やな」

一緒に取材に行ったヨリスギも展示内容には自信があったようだ。

「実際に、関係者の肉声が録れたのは大きいよ。予想外にいい研究だったね」

応援にかけつけてくれたトクヤマもほめてくれた。〝予想外〟のひと言はよけいだが。

とはいうものの、地味で真面目な展示に女子高生が訪れるわけでもなく、灘校生の両親や祖父母が見物客のメインだった。

「君が調べたの？」

眼鏡をかけ、ノーネクタイの真面目そうな青年が声をかけてきた。

「はい、そうですが」

「こういう者なんやけど」

差し出された名刺には「神戸新聞　記者」とある。

灘校の文化祭には、大手新聞社の地方版の記者や、地元紙である神戸新聞の記者が取材にくることがよくあった。当時、東大合格者数日本一を誇る灘の強みである。

「ぜひ取材させてもらわへんかな？」

ラジオの投稿も取り上げられたことがないヒデキは、地元の神戸新聞の取材というだけで大感激だった。一気に自分が世間から認められたような気がした。

翌日、目を皿のようにして神戸新聞の記事を探すと、灘校の文化祭が10センチ四方くらいの囲み記事になって出ていた。

「母さん、ほら、見てみて！」

そこにはこう書かれていた。

〈地理歴史研究会（ヤダヒデキ部長）は、神戸に実在した幻の総合商社を取り上げ、綿密な取材を行っていた〉

「あら、名前まで出てるじゃないの、すごいわね」

2行程度の取り上げ方だったが、それでもヒデキにとっては大興奮の出来事であり、しばらくはその記事の切り抜きをいつも持ち歩いては眺めてにやけていた。

展示2日目には、詰襟の制服で、精悍《せいかん》な顔つきをした同い年くらいの学生が声をかけてきた。

「なかなか、すごいことをやってるんだね」

「ありがとう」

「この学校は受験勉強だけと思っていたけど、こういうことをやる人がいるのは嬉しいな」

「えっ」

「僕も灘校生なんだ。4月からこの高校に入ったんだけど、クラブどうしようか悩んでて」

「あっ、新高1なん?」

ヒデキは内心で驚きの声をあげた。

確かに賢そうだ。やっぱり「新高1」は違う。高校の入学式のときも、いい加減な格好の自分たちと違って、新高1のクラスだけ全員が詰襟姿で、目がピカピカ光っていた。

ヒデキにとってこれがその新高1との初めての会話であった。

「ヨシカワナオマサといいます。広島から来ました。僕も仲間に入れてもらいたいな」

関西弁でなく標準語を話す秀才の新高1生が、展示を見て、なんと地歴部に入りたいというのだ。ヒデキは驚きと感激で、ヨシカワ君と思わず握手をした。

「もちろんや!!」


ヨシカワ君との出会いは予想以上にヒデキにとって嬉しいものだった。

彼はなぜか標準語を話すし、田舎っぽいところはなかったのだが、熱烈なカープファンだったのだ。ヒデキ以外カープファンが誰もいなかった地歴部には朗報だ。

ただ、この年のカープはさえなく、むしろ阪神の調子がいいので、周りの阪神ファンのやつらは、「1年だけのまぐれ優勝」とチクチク言ってくる。

そんななか、頭のいいヨシカワ君だけは、カープをチームとして立て直すための方針を監督目線で話すので、二人の間でカープ話は大いに弾んだ。

「浩二や衣笠に期待しすぎるのはどうかな。そう点が取れるチームじゃないんだから、足でかき回さないと」

「その通りや。今年はなんで走らんのやろ」

「僕は、去年入った高橋に期待してるんだけど」

高橋慶彦がレギュラーに定着するのは2年後なのだが、そのくらいヨシカワ君には慧眼《けいがん》があった。

また、ヨシカワ君はスポーツ万能でもあった。

灘では、柔道は必修科目だ。そんななか、ヨシカワ君は、灘で3年間柔道をやってきた人間の誰よりもずっと強かった。

地歴部のソフトボール・チームでも、ボカスカと長打を放つ。守備でも好守・強肩が光った。

宿敵、地学部に勝つ原動力ともなった。

「これで2連勝や」

「その新高1ひとりのおかげやないか」

このときのカツタの悔しそうな顔は忘れられない。

すると、カツタはすぐに気持ちを切り替えたのか、真剣な口調で話し始めた。

「そうや。お前がまた出るといかんから言っとくけど、俺は、今度の生徒会長選挙に出る。灘を変えていくためには、マンネリの生徒会に風穴をあけなあかん。今年も高2はゴトウとかいうつまらんやつが出ることでほぼ決まりのようや。せやから、高1の俺が勝って、灘を変えてみせる。残念ながらお前のバックでは勝てへん。絶対に無理や。ただそれで、高1でも票が割れたら俺にも勝ち目がなくなる。地学部のほうは先輩も含めて、票は固めた。お前とはいろいろあったけど、地歴部で協力してくれへんか？」

一瞬、ヒデキは黙った。

ヒデキも高1で生徒会長になる野望があったのだ。

ただ、選挙を2回経験しているヒデキには、まともに闘ったら落ちるという読みはできた。ましてや、同じ学年から2人出れば、カツタが言うように、票が割れてヒデキの勝ち目はもっとなくなる。

そこでヒデキはふとひらめいた。

「わかった。生徒会長は諦めたる」

「ホンマか！」

「地歴部の票も固めといたる」

「お前がこんなにわかるやつやったとは！　早めに言うとけばよかったわ」

予想外にヒデキが素直であったので、カツタも驚いた様子であった。しかしヒデキには違う考えがあった。

「その代わりに、文化委員長に出ることにしたわ。お互いで票を回すということでどうや」

地学部の票があれば、文化部の予算を仕切る文化委員長になれる。今年も落選して、〝灘校の高田がん〟と言われ続けるより、そのほうがはるかにクレバーな選択だ。

すると今度はカツタが一瞬黙ったが、すぐに口を開いた。

「そうはいかんねん。文化部の予算を決める文化委員長は、ずっと地学部で押さえてきた。今年もそうや。カワグチさんが出ることになってる。高2の票をもらう代わりに、応援せんわけにいかんねや」

「そういうことか」

「それにカワグチさんの人望を考えたら、お前に絶対、勝ち目はない。また、〝灘校の高田がん〟と笑われるだけや。悪いこと言わんから、今回は、応援する側に回ったらどうや」

確かにカワグチさんは感じのいい人だった。

地学部の部長だが、カツタのように威張ったところもない。太っていて、身体が大きく、なんともいえぬ貫禄《かんろく》を感じさせた。カワグチさん相手では選挙も勝てないだろう。

ただ、ここであっさり降りるのもシャクだった。

「みんな、ちょっと相談に乗ってくれへんか」

翌日、地歴部の部室で、部員を集めて今年の選挙に出るか、意見を聞いた。

ヨリスギとヤスモトは慎重姿勢だ。

「せっかく、今年は、文化祭の展示の評判もよかったし、部員もすこし増えたやないか」

「文化委員長で負けたら、増えるはずの予算も削られかねへんやろ」

「今回はカツタも出るし、やめとこうや」

「選挙も一回休んではどうや」

メガペチャは優しい。

「というても、選挙がお前の生きがいやもんな」

ケイジロウは勇ましい。

「このまま、地学部のいいようにやられるのもシャクだ。出たほうがいいだろ」

すると、今まで物静かに話を聞いていたヨシカワ君がここで口を開いた。

「選挙というものは、ある程度の票読みが必要だと思うんだけど、今の話を聞く限り、どう見ても不利だ。中学生の浮動票を取れる見込みはあるの？」

「それは」

そういうふうに分析して、冷静に言われるとヒデキは黙るしかなかった。それでも、ヒデキはやはり諦めきれない。

「カツタがマンネリ打破で出る以上、そのムーブメントが起こるかもしれん。生徒会長だけでなく、文化委員長も高1にしようという流れができるかもしれん。とにかくチャレンジや」

地歴部のみんなからは「結局なにを言っても無駄や」という声が聞こえてきそうだった。

こうして、ヒデキは、また性懲りもなく出馬宣言をした。

カツタが勝っても文化委員長のポストを取れれば、予算の点ではカツタは自分に頭を下げないといけなくなる。そんな甘いことを考えるほどにヒデキは能天気だった。


さて、この選挙戦は灘校史上もっとも盛り上がったと言われている。

これまでは高2同士で争うものだった生徒会長のポストも、文化委員長や体育委員長のポストも、すべて高2対高1という図式になった。高1に負けるわけにいかないと、高2の候補も一本化された。

それを聞きつけたのか、NHKが「受験名門校・灘校の生徒会長選挙」を面白がり、番組で取り上げることになったのだ。

「俺が声をかけたんや」

作家の藤本義一にも文才を認められ、マスコミにパイプがあると自称するカツタはそう言うが、真偽のほどは確かめようがなかった。

ただ、候補者の一挙一動をカメラが追いかける展開になると、選挙はがぜん盛り上がった。

「選挙というのは何のためにやるのか？　それを考えてほしい。選挙というのは民主主義の基本や。その一票で、世の中を変え、学校を変えていく権利を持っているということやろ。日本という国は、自民党の長期政権が続いとるけど、それは国民がこれまで通りを選んでいるのかもしれへんけど、自分たちの国を変えていく力があるという権利を放棄しているんかもしれへん。僕は灘もそうなってるんやないかと思って出たんや。確かに、ずっと高2が二人か三人出て、そこから選ぶという形やった。ただ、選ぶ側からみて、どこが違うんかようわからんかったんとちゃうか？　何もせんから、生徒会にプールされた金が増える一方。教師とまともな交渉も、灘校闘争以来ないのが現状や。僕は灘にこれ以上の自由をもってこようと思う。教師ともちゃんと掛け合う。生徒の求めるものをちゃんと教師に要求し、ちゃんと交渉する、つまり本当の意味で、代議士として仕事のできる生徒会長を今、みんなで一緒に決めようやないか？　僕を信じて、そして灘校の未来を信じて、とにかくカツタマキオに入れてくれ！」

カツタの選挙演説はとにかく熱かった。嫌味を言うしか能のない男だと思っていたが、さすがに認めざるを得なかった。中1や中2から握手を求められるほどの人気だ。どの学年にも地学部のサクラがいて、盛り上げるからなお強い。

それに対して高2を一本化した優等生然としたゴトウさんは、どこか頼りない。

「灘を変える、灘を変えると耳触りのいい話になっているけど、世の中には変えていいものと、そうでないものがあると思います。みんなも通っているからわかると思うけど、灘は本当に自由でいい学校です。それを守っていきましょう」

ゴトウさんはテレビカメラに緊張して、普段の理路整然とした語りが失われていた。もともとは自由の伝統を守るには生徒会の力が必要と訴える予定が、その言葉も抜け、それどころか、肝心の候補者の名前を言うのさえ忘れている。

これに対してカツタのほうは、テレビに映れば映るほどテンションが上がるようだった。そして、守勢に立ったゴトウさんがカツタの改革路線に挑発され、保守を打ち出したので、反体制が多い灘校生の心はどんどん離れていった。

「ヤダヒデキです。今度は文化委員長の選挙に出ました。今、灘校は土建国家のようになっている。それは文化じゃない……」

文化委員長の候補になったヒデキも、やはりテレビカメラが向けられると縮みあがった。その後の言葉が出てこないのだ。

「ちゃんとしたブンカを……ブンカを……ヤダヒデキと一緒に作っていきましょう」

こういう何を言っているのかわからない抽象的な話は灘校生は好まない。

ただ、それは対抗馬のカワグチさんも同じであった。いつもの穏やかさは崩さなかったものの、やはりあがっている様子だった。カツタの度胸にただただ驚くばかりである。

テレビカメラは「絵になる」ほうに向かうものだ。ディレクターが他のポストの選挙は面白くないので、生徒会長の一騎打ちを描くストーリーにしようと決めたのだろう、翌日以降、生徒会長以外のポストの候補者には、カメラがまったく向かなくなった。

カツタとゴトウさんはＮＨＫの個人インタビューを受けていたが、ヒデキには回ってこなかった。

テレビカメラを引き連れ、堂々と改革を訴えるカツタの人気はうなぎのぼりだ。一方、ヒデキは教室に入っただけで、下級生からも「高田がん！」と野次を飛ばされる始末である。

「あかんな！」

「最初から予想されたことやと思うけど」

ヨリスギもヤスモトもつれない。

「選挙当日まで、どうひっくり返るかわからんやろ。カツタの人気ぶりはシャクやけど、灘校全体に改革ムードが広がっていることは確かや。文化委員長が一番上の学年で、下の学年の人間に投票を強制して、自分らで予算を牛耳るというのは、まさに日本型政治や。田中角栄が追い出されて、三木さんが総理になっている時代に、灘が土建国家時代のままでええわけはない」

「お前の言うことはおもろいけど、聞いてもらわれへんからな。さっきのお前の演説も、俺らに言うときと違って、はしょりすぎてもっとわからへんかったし」

「カメラの前であがっとるんとちゃうか？」

図星だった。その後の選挙戦でも、いったん、〝灘校の高田がん〟とのレッテルを貼られてしまうと、下級生にも真面目に話を聞いてもらえない。先輩のヒデキをからかうのが彼らの〝娯楽〟になっていたことは教室を回っている中で感じ取れた。

一方のカツタは、ヒデキ同様、田中角栄政治批判で改革を打ち出すだけでなく、その後、日本では革新自治体も期待外れに終わったことをあげ、聴衆を飽きさせない。「教師に言いたいことを言う生徒会」「みんなで作る生徒会」のスローガンをかかげた。

テレビカメラさえもカツタの虜《とりこ》だ。

ゴトウさんも負けじと、「後輩の話をちゃんと聞く生徒会」とか、「秩序と理念の両立」などと訴えてはいるがどうしても地味に映ってしまうのは否めない。

カツタが圧倒的優勢のなか、ヒデキは「生徒会長も文化委員長も地学部が取るとまさに独裁になってしまう」と訴える。だが、その声は一般生徒たちにはまったく響いていないようだった。

そして、投票日。

即日開票の部屋には、いつにもなく人があふれている。テレビの威力をまざまざと見せつけられる思いだった。もちろん、NHKのカメラも回っている。

開票は体育委員長、文化委員長と行われていく。

文化委員長の開票が始まった。

「カワグチくん780票、ヤダくん402票」

選挙管理委員が大声で読み上げる。そこをテレビカメラが追う。

予想外の大差だった。負けは覚悟していたが、やはり〝高田がん〟は〝高田がん〟だ。

「毎度のことやから、そう落ち込むことないやろ」

ヤスモトはそう慰めるのだが、ぜんぜん慰めになっていない。

放送されるかどうかわからないが、カワグチさんはNHKのインタビューを受けていた。自分も勝っていたらメジャーデビューできたのに……。今年は、いつもよりよけいにみじめに思えた。

「行こか」

「カツタの結果は見んでええんか？」

「関係ないもんな」

みんな、重い足取りで地歴部の部室に戻った。

1時間ほどして、ヨシカワ君が部室にやってきた。

「カツタ君、勝ったね」

「そらそうやろ」

ヒデキはそっけなく答えたが、内心はみじめで仕方なかった。

2週間後に放送された、NHKのドキュメンタリー番組を観て、ヒデキはもっとみじめな気持ちになった。

カツタの当選が大々的に放送される一方、ヒデキはまったく映っていなかったのだ。

選挙に負けたヒデキは、ソフトボールの試合以外、また引きこもりの生活に戻った。

灘という学校がすっかり嫌になったのは確かだ。ヒデキはまたまた深夜放送の世界にのめり込んでいった。

東京では、天才高校生アキモトヤスシが、『オールナイトニッポン』のカメちゃんこと亀渕昭信に認められて、高校生放送作家になったという噂が雑誌『深夜放送ファン』に書かれていた。自分も、せめてラジオの世界でスターになろうと、ときどきハガキを出すのだが、一度として採用されなかった。

それでも、夢を奪われ、取り柄のないヒデキにはリスナーでいることがつかの間の癒しとなっていた。「天才・秀才・ばか」には、いつも笑わせられた。

先生「きみたち！　歴史上の人物で一番尊敬しているのはだれかね？」

天才「はい、鎌倉時代の源義経でーす」

秀才「ぼくは江戸時代の徳川家康でーす」

ばか「きみたち、忘れちゃいけないよ！　ぼくは青春時代のアリスです！」

こういうギャグを聞いて、ヒデキはその翌日、マサキに「いい漫才を思いついた」とけしかける。

母親が大阪の町中に育ち、商人の血をひいているからであろう。ヒデキも強い大阪人アイデンティティを持っていた。

だから、多くの大阪の子どもたちと同じように、漫才師になりたい、吉本興業に入りたいという夢はもっていた。やすし・きよしにも、特に横山やすしには憧れていたし、尊敬もしていた。

クラスのなかでは人を笑わせるような芸をしたことはなかったが、家のなかではヒデキとマサキは「マンザイゲジュウゲゴウ」という漫才コンビを組んでいた。東京の「コント55号」に対抗して、大阪の「マンザイ55号」というつもりだが、ひねりがないので「ゲジュウゲゴウ」にした。

略すと「マンゲ」だ。結成当時はそれが卑猥《ひわい》な意味をもつ言葉になるとは思わず、「万華鏡」という意味合いを込め、いろいろと変われるということでつけたものだった。

ただ、卑猥な意味を持つということを知ってから、より「マンゲ」の略を使うようになったのも確かである。

「マンゲのヒデキでーす」

「マンゲのマサキでーす」

「漫才やろか」

「マンザーイ、マンザーイ、マンザーイ」

「それはバンザイや」

出だしはいつもこのパターンだ。そのあと、マサキが『ヘイ・ジュード』の曲に乗せて「オーマン、マン、子どもだね」と歌ったりする。

そこにツッコミのヒデキが、「何、アホな歌、歌ってるねん」とつっこむのだが、そのあとが続かない。

ヒデキの新ネタは、「ライバル」という芸である。もちろん、「天才・秀才・ばか」に大いに触発されていた。

二人でその場で、手と足を上げて、行進をする。

「ライバル、ライバル」

「ライバル、ライバル」

「タンポポのライバルは？」

「チンポポ」

「アホ！」

という他愛のない芸だが、深夜放送で拾ってきたネタも入る。

「室内テニスのライバルは？」

「膣内ペニス」

「大アホ！」

こんなことをやっていて、勉強ができるようになるわけがない。ただ、ヒデキにとってこれは数少ない娯楽であった。

さすがに二人ともそれは自覚していたので、この漫才を親や親戚はもちろん、人前で見せたことはなかった。

「兄ちゃん、これ恥ずかしない？」

「お前が東大に入って、東大生兄弟で漫才やったら、話題になるのは間違いないと思うで」

「うん、頑張るわ」

兄弟で東大に入って漫才をやるのは、本気の夢だった。笑いのセンスはなくても話題性だけで、吉本に入れてもらえる可能性だってあるかもしれない。というより、漫才師になる方法はそれしかないと思った。

しかし、現実は厳しく、ヒデキですら東大はだんだん遠いものとなっていた。そして、10年に一度しか東大合格者が出ない学校に通うマサキには、東大は夢のまた夢である。登校拒否の症状は治っても、学校の勉強は嫌いなので、中の上がやっとという成績だ。

ヒデキはヒデキで、マサキに成績が落ちたことは知らせていなかった。せめて兄弟の間だけでは兄の威厳を保ちたかった。いつまでも「賢いお兄ちゃん」でいたかったからだ。

マサキは、ヒデキは当然東大に入るものと思っており、自分の成績は棚に上げ、東大に本気で入りたいと思っていたようだ。

ヒデキには、マサキのその姿が切なく映り、本気で遺伝の怖さを呪っていた。

アホな親の子はアホや。

そうとしか思えなかった。そして、アホな兄弟にはアホな漫才がお似合いだと自嘲した。

夏休みが始まった頃、地元の駅を歩いていると、チラシを配っているコウに遭遇した。

「コウやないか」

「ヤダくん、よかったら見に来てよ」

「『血の対決、ショーとは一味違う本気のプロレス!』? なんやすごそうやな」

渡されたチラシにはそう書かれていた。伊丹の体育館でやるアマチュア・プロレスの大会の模様がガリ版刷りで描かれている。

チャンピオン・タイガー大熊に、再び流血王ハンニバル高田が挑戦するのだそうだ。

「コウも出るん?」

「前座でだけどね」

「弟がプロレス好きやから声かけてみるわ」

翌週、マサキを連れて、伊丹の体育館に観戦に行くことになった。

コウは3試合目に登場した。

激しいキックを食らわす対戦相手をかわす。倒れてる相手に対し、コウはその頭を思い切り五つの指で締め上げる。アイアン・クローという技である。

地味な技だが、これに相手はまったく反抗できない。1分もしないうちにギブアップしてコウが勝った。

「兄ちゃんの友達、すごい」

マサキは熱狂するが、ヒデキにはそれほどすごい技にはみえなかった。

「普段もあんな感じなの?」

「いや、全然違うわ」

初めて見るコウのアグレッシブな姿にヒデキは驚いた。

ファイナルは、大熊と高田のタイトルマッチだが、これが予想外にすごい試合となった。

鍛え上げた筋肉隆々の身体を誇る大熊だが、派手な投げ技、飛び技を使わず、空手チョップを何発も相手に食らわす。

かなりヘロヘロになった高田が最後に逆転の一手を食らわす。それはなんと相手の足にかみつき、流血させるというものだった。予想外に大量の血が流れている。ひるんだ大熊に対して、高田は今度は首にもかみつき大量の血を流させた。

これ以上やられてはたまらないとばかりに、大熊も空手チョップを連続で食らわし、さらにブレーンバスターで攻める。しかし、高田は不死身のゾンビのように立ち上がり、また足にかみつく。

止めに入るレフリーを突き飛ばしたところで高田の反則負けとなって試合は終わった。

「あのまま続いてたらやばかったな」

「まあよくあることだよ」

試合が終わったあと、近所のドムドムハンバーガーでヒデキとマサキとコウの三人はシェイクを飲んだ。

ドムドムは、ダイエーが始めたバーガーチェーンで、ハンバーガーの味はマクドナルドにかなり落ちる気がしたが、シェイクにはそれほど味に変わりがない。ただ、値段はリーズナブルなので学生には人気があった。

「それにしてもコウが、プロレス狂いなんは意外やな」

「そうかい？　プロレスは将棋と同じで、理詰めで勝てるスポーツなんだ。哲学というより方程式だけど。もちろんテレビのプロレスはショー的なところがあるけど、アマチュアプロレスは勝つべくして勝つんだ」

「どういうことや？」

「ヤダ君も柔道を習ってるからわかると思うけど、投げ技は派手に見えるけど、受け身を知っていればたいしてきかないだろ？」

「そうなん？」

ヒデキはそっけないが、マサキは身を乗り出して聞いている。

「飛び技や投げ技のすごい人を日本人は喜ぶけど、もしそういう技が本当にきくとすれば、メキシコのレスラーや女子プロレスをやっている人のほうが強いことになるからね」

「僕もミル・マスカラスは弱いと思います」

意外なところでマサキが口をはさんだ。

「そうだよ」

「馬場さんは強いですか？」

マサキがすかさず問いかける

「彼は強いと思う。日本人で唯一のＮＷＡのチャンピオンだからね。ＷＷＦのようなインチキな団体とは格が違うんだ。やはりプロレスというのは、体格が圧倒的にものを言う。体重が１００キロも違う人に当たられたり、乗っかられたりしたらたまらないんだ。アンドレはそういう意味で最強なんだけど」

「やっぱり、アンドレ・ザ・ジャイアントは強いんですね」

「スタミナがもう少しあればね。でも馬場さんは1時間くらいずっとリングにいても平気だから」

コウは身長223センチ、体重236キロの巨漢レスラー・アンドレをこう評した。

「でも、リングに長くいすわるだけで、あんな動きでええんか？」

馬場の動きの鈍さはスポーツ紙などでよく指摘されていた。

「あれは、人を殺さないためにわざとやっていると思うんだ。馬場は巨人症で骨が固いし、腕も長い。思い切り手を上げたら高さは3メートル30くらいになる。その高さから本気で空手チョップや脳天唐竹割りをやられたら、頭蓋骨は間違いなく骨折する。相手に怪我をさせない程度で、そこそこダメージを与えるチョップの速さはあんなもんなんだろう」

「そうですよね」

マサキはコウの話に完全に魅了されている。実は、マサキは、「全日」「新日」「国際」といったすべてのプロレスのテレビ中継やその関係の雑誌を見ていた。

「猪木もたいして強くないですよね」

「そこそこは強いとは思うけど、馬場とは格が違うからね。身長は20センチも小さいし、体重は30キロくらい軽い」

「そのうえ、猪木はタイトルマッチがあるたんびに、体調が最悪とか、古傷がうずくとか、調子が悪いことばかり言うてますよね？」

「それで勝つほうが日本人に受けるんだよ」

二人のプロレス談義はますます熱が入ってくるが、もともとプロレスをそれほど知らないヒデキは、蚊帳《かや》の外に置かれているようで退屈だった。ただ、コウがプロレスにはまる理由が「知的な意味」でというところには、不思議と納得がいった。

また、二人の会話を聞いて猪木のレスリングはプロレスショーで、実は馬場が一番強いということだけはヒデキの心に強く残った。

カツタに負けたヒデキは、ますますスターのやつらが嫌いになり、日陰者の味方になっていたので、そこだけは共感できた。

コウとの熱い談義以来、マサキはさらにプロレスにのめり込んでいった。

どんなことでもヒデキはマサキに負けるわけにはいかなかったのだが、このジャンルに関してだけは、マサキが先生のようになっていた。

さて、ヒデキは英語の勉強だけは続けていた。とはいっても、他の科目と違って、学校での勉強の予習として翻訳をしていったりする程度だ。

だが、灘の場合、中3から長文の問題集を訳させ、さらに問題を解けという宿題が多かったので、かなりの自信にはなった。クラスでも5番だ。

「英作文は英借文である」というミスターモーリの信条にしたがって、英文はやたらと真面目に覚えていた。英文法にいたっては、「標準」と名がつきながらハイレベルとされる『英文法標準問題精講』を高1から始めていた。

こうして、受験英語には、それなりに自信がつき始めていた。ヒデキのにらんだ通り、現地ではアホでも英語が使えるのだから、勉強さえすればできるようになるという読みは当たっていたのだ。

ただ、留学のための試験問題はおそらく違う。

問題は英問英答であるが、過去問が発表されていないので対策のしようがない。

そこでもう一人のナガタである、ナガタヒトシとTOEFLなどの問題集を買ってきて、勉強会を始めた。そこに、タルミ君も参加することになった。

タルミ君の父親は阪大の教授で、本人も小さい頃は親の留学についていって、アメリカで暮らしていた。ヒトシは、そういう英語ができる子が一緒のほうが勉強の刺激になるので、三人揃って合格しようなどと言う。だが、枠は三人しかないのだから、一緒に合格などできるわけがない。

ただ、ヒトシとタルミ君が合格して、自分だけ落ちたら目もあてられない。この勉強会に出ないと、合格の可能性はもっと下がるので、もちろん出ることにした。

英問英答の問題であっても、普段、灘校の勉強で高度な英文問題や、英文法問題に接しているのでそう難しくはない。

「問題はヒアリングやな」

「アメリカ帰りのタルミ君はいいよな」

「そうとは限らないよ」

謙遜はしているが、おそらく楽勝だろう。タルミ君はＦＥＮのＤＪが話すこともなんでもわかるレベルだ。

「普通に英語が通じるのに、タルミ君は何で留学なんかしたいん？」

「留学は、英語を聞けたり、しゃべったりできるようになるためにするもんじゃないだろ。僕は向こうにいたからわかるけど、アメリカって国には、テレビやラジオは観たり聴けたりしても、新聞が読めない人間がたくさんいるんだ。日常会話に困らなくても、まともなエッセイすら書けない人間もいる。英語で教育を受けるというのは、『聞く』『話す』のレベルから脱却することだと思うし、向こうでは、プレゼン能力も高めてくれる教育をやってくれるからね」

「プレゼン能力？」

「プレゼンテーション能力だよ」

タルミ君のプレゼンテーションの発音は本場の発音だった。

「日本の教育は受け身で、アウトプットをやらない。でも、これからの時代はアウトプット能力が問われるはずや。もちろん、高校レベルでどこまでやるかわからない。僕は場合によっては、大学はアイビー・リーグでもいいと思っている」

「アイビー・リーグ？」

「ハーバードが理想だけど、イェールも結構いいらしいよ」

「それはええかもな」

ヒトシも頷く。二人の目は東大ではなく、世界に向いている。

考えていることのレベルが格段に違うことにヒデキは打ちのめされた。

ヒデキが当時知っているアメリカの大学の名前は、ロゴ付きのトレーナーが人気だったUCLAとハーバードだけだったのだ。

でも、留学すれば違うだろう。タルミ君のようにアメリカの本当の姿を知ることができる。ますますアメリカへの想いは募るばかりであった。

2学期に入ってほどないある日曜、ついにAFSの試験の日が来た。

神戸のYMCAの会館には初めて入るのだが、そこにはいかにも英語ができそうな学生が集まっていた。

テストは予想通り、そんなに難しくはなかったが、アクセントの問題を出されたところでは面食らった。よく考えたら出てもおかしくないのだが、ヒデキには盲点となっていた。

肝心のヒアリングだが、こちらは思ったよりはよく聴けた。内容はハンバーガーの作り方に関するくだらない問題だった。ただ、「グラウンドミート」の意味がわからなかった。

「地面の肉、うーん。大豆のことか？　ヘルシーフードで大豆でハンバーガーを焼くということやろうか？」と考えて、とりあえず答えを書いておいた。

試験が終わったあと、その話をするとタルミ君に笑われた。

「groundはgrindの過去分詞だよ。〝挽肉《ひきにく》〟じゃないか」

確かにハンバーガーは挽肉を焼いて作るものだ。groundがgrindの過去分詞であることも知っていた。どうして、この程度の連想もできないのだろう。せっかく聴き取れたのに悔しい。

ヒデキは自分の知恵のなさを嘆いた。

「まっ、他の問題ができてたら、なんとかなるやろ」

そんなヒトシの励ましも、あまり励ましにはならなかった。

1か月もしないうちに結果が返ってきた。もちろんヒデキは不合格だった。ただ、他の二人も落ちていたので、すこし安心した。

今年の合格者は神戸女学院で独占されたらしい。あの二人でも勝てないくらい女学院には英語のできる生徒が多いようだ。帰国子女が学年で10人もいるという話をあとから聞いた。

二人は来年への再チャレンジ宣言をしたが、ヒデキはそんな気にはなれなかった。

第八章 ヒデキ、弁護士を志望

留学の夢も去り、おそらくアメリカの大学も難しい。

だが、英語もある程度はできるようになったことだし、なんとか東大文Ⅰに受からないだろうか。そうすれば、司法試験を受けて、山口組の顧問弁護士にでもなって、みんなを見返すことができる。

今や「負け犬」と化したヒデキは、そんなことを考えるようになっていた。


ヒデキが山口組を意識したのには、いろいろな理由がある。

一つは、母親がもっとも仲良くしているいとこの娘が、高校から慶應に行っていた泉大津の大きなタオル会社のボンボンと結婚したのだが、そのお兄さんから、同級生の中で一番羽振りがよかったのが山口組関係の偉い人の息子だったという話を聞いていたからだ。

神戸というのは山口組の本部があることで知られるが、意外に治安はよかった。それだけ山口組の勢力が強く、しょうもない喧嘩などを許さなかったからだろう。

神戸にいると、山口組の話は嫌でも聞くことになる。

歌手の美空ひばりが山口組の企業舎弟神戸芸能社に所属していたことや、港湾労働者に住民票を取らせて、5万票を握り選挙を仕切っていたことなど、山口組は神戸の主のような存在だったのだ。

同級生にマエカワというヒデキより身体が小さく、ガリガリの男がいた。ヒデキといつも同じクラスになり、席も近かったので、なんとなくしゃべる仲になった。

ヒデキが中学委員長の選挙で負けた中2のときにマエカワが声をかけてきた。

「僕は中3にチャレンジする勇気を買うわ。闘って負けるほうが、闘わんよりずっとましやと思う」

この言葉はヒデキには嬉しかった。カトンボのような体格のこの男は、これまでずっといじめにあってきたのかもしれない。

「そうや。勝つまで闘うつもりやから、これからもなにかと助けてくれや」

「応援するわ」

弱々しい味方であったが、ヒデキにとっては、地歴部、サカグチ塾出身者以外では、神戸在住の数少ない友達である。

そのマエカワの父親は神戸の下町で外科医をやっている。そして、山口組の組員が怪我をするとすぐに診てあげる間柄にあった。

「うちの前の道は、小さい車でもすれ違うのがやっとという感じやねんけど、あの人たちがうちに来ると、何台ものベンツが道をふさいで、通られへんようになるんや。でもな、誰も文句言わへんねん」

「そら怖いやろな」

「お金も持っとうようで、分厚い封筒見て、おかんも大喜びや」

「怪我、治すだけやろ?」

「そういう世界なんやろな。礼儀もすごいで。うちのおとんに、黒いスーツを着た怖い顔したおっちゃんたちが、みんな並んで頭下げんねん。日曜なんかは、鼻くそほじって、寝てばかりいるんやけどな」

「やっぱり医者ってすごいんやね」

一族に医者のいないヒデキは、素直に羨んだ。怪我を治してあげるくらいでこの待遇を受けるのであれば、山口組の弁護士になれば、相当風を切って歩けるようになるだろう。

喧嘩の弱いヒデキにとって、虎の威を借りてでも強い男に見られるのは魅力的だった。「勉強ができる」ということにはそういう得もあるのだ。

いくら勉強ができて、東大に入ったとしても、40歳くらいまではそれほど威張れない。それなら山口組の弁護士のほうがはるかに魅力的だ。

ただ、ヒデキは、英語では挽回《ばんかい》したものの、勉強ができるとは決して言えない。

国語でも、古文や漢文の成績はさっぱりで、『古文研究法』なる分厚い参考書を買わされたが、チンプンカンプンだった。

単純な暗記が苦手なヒデキは、歴史も地理もさっぱりだった。物理もそうだ。

ヒデキの唯一の救いは化学だった。

最終的に四則計算に落とし込める化学は、ヒデキが中学受験で得意だった算数の文章題のようなもので、比較的とっつきやすかった。

深夜放送狂いの劣等生のヒデキが、ビリにならずに、下から3分の1くらいの位置にしがみついていられたのも、化学と英語の成績が良かったおかげだ。

ただ、もともとは算数の天才を自認していたのに、今は数学の劣等生から脱却できないでいた。

高校に入ると、数学の授業では演習が始まり、その担当として高校から授業を受け持つのは、予備校でも教えているヤバセ先生だった。そして演習問題の宿題が出されるようになった。

入試問題を集めた数学の問題集『オリジナル』『スタンダード』をやらされるのだが、解答のページには解法は書かれておらず、答えが載っているだけだ。それを週に3回、12問ずつ計36問を宿題として出す。

ヒデキの学力では、できたとしても1問に1時間はかかってしまう。週に36時間も数学だけにかけるわけにいかないし、真面目に数学の問題を解いていたら、深夜放送など聴けない。

ヤバセ先生の授業は、12人の生徒が指名され、教室の前と後ろにある黒板に宿題の解答だけでなく、その解答をどう導きだしたか解法まで書かされる。要するにやっていないと、黒板に何も書けないのだ。もちろん、書けなければ大目玉をくらう。

幸い、ヒデキには賢い友達が何人かいたので、自分が当てられた場合は、宿題をやってきた友達にノートを借りてどうにか難を切り抜けることができた。

そうはいうものの、ヤバセ先生の解説はわかりやすかった。

「ここは覚えておいてくださいね。数学は暗記ですから」

それぞれ問題のポイントを指摘したあと、決めのセリフを投げかけるのだ。

もちろん、その頃のヒデキは、「数学は暗記」と言われてもピンとこなかったが、以前よりは数学の授業が苦でなくなった、むしろ、多少はわかるようになったのは確かだ。

だが、数学ができるようになる気はまったくしなかった。

高校になって最初の中間試験も期末試験も惨敗だった。

そんなヒデキに福音が訪れた。

地学部にキタノジンという男がいる。実は、ヒデキは、このキタノに多少ひがみを感じていた。

黒縁眼鏡のこの男は、ユーモアのセンスを感じられる人間ではないのだが、東京のラジオではないものの、投稿したハガキがけっこう読まれていたのだ。

特に、当時人気絶頂だった横山プリンに気に入られていて、彼のラジオ番組では、「キタノのジンちゃん」と常連扱いをされていた。

そのキタノが新しい商売を始めた。ヤバセ先生の「数学演習の解答集」を売り出したのだ。一回12題、週に36題の問題だから、中間試験までに6週間で200問以上の問題をやらされることになる。

中間試験や期末試験は1時間のテストなのに、ヤバセ先生の数学は10題出題される。入試問題レベルの問題を1時間で10問解けというのは、相当な天才でも無理な話だ。

しかし、ヤバセ先生の出す問題は、宿題に出されたのとまったく同じものが数値を変えただけで10問集められているのだ。

言い換えれば「やり方を覚えてこい」といわんばかりのテストなのである。

ところがヒデキの場合、宿題をさっぱりやっていかないから、覚えるべきノートがない。

コピー機もまだたいして普及していない時代だったので、イウエやニシサワ先生からノートを一、二日借り、それを写して試験対策をやっていた。結果的に写した部分だけできたのは確かだ。

中間試験で赤点を取ったヒデキだが、期末のときは友達のノートを借り、1000円も払って40ページ分をコピーして勉強した。それでどうにか70点を取っていた。

だとすると、完全な解答集があれば、かなりいい点が取れることになる。

そんななか、キタノは、イウエやニシサワ先生のような秀才からノートを借り、それらを写してその200問の模範解答集を作った。丸文字で、かなり字は小さかったが読みやすかった。200問の模範解答が、12枚のなかに見事に収められていた。

そして、コピー機がある知り合いの協力を借り、その模範解答集を一冊500円で売っていたのだ。

答えを覚えれば点が取れることがわかっていたので、この模範解答集は相当数売れた。キタノはこれでテスト直前になると月に5万円くらいは稼いでいたはずだ。ヒデキの小遣いが月に5000円だったから、相当うらやましかったが、背に腹は代えられないので、ヒデキも買った。

そして、高1の2学期の中間試験対策として、この問題集を必死に覚えた。

ヒデキは、人名や地名など、ブッキッシュなものの丸暗記は苦手だったが、新聞に書いてあるような「筋のあるものの暗記」は得意だった。数学の解答は論理がわかりさえすればいいので、覚えるのは苦にはならなかった。

さすがとしか言いようがないのだが、秀才のノートの解法は、論理が明快で覚えやすかった。

結果は、中学時代も含めて、この学校に入って初めての100点だった。もちろん、答えを覚えての100点だから〝ペテン〟でしかなく、これで数学の力がついたとは思えない。

演習ではないほうのコバヤシ先生の数学の試験は65点だったので、実力がついていないのは明らかだった。それでも100点を取れたのは素直に嬉しかった。

加えて、化学もよくできたので、ヒデキの成績はどうにか中の下までに挽回した。これならうまくすれば東大文Ⅰに受かって、山口組の顧問弁護士になれるかもしれない。


その一方、この年冴《さ》えなかったカープは、どうにか3位でシーズンを終えた。池谷《いけがや》公二郎が20勝し、衣笠が盗塁王を取ったのがせめてもの救いだった。

そんなカープに影響されてしまったのか、地歴部のソフトボールもなかなか地学部に勝てなくなっていた。ヨシカワ君が相手に研究されたこともその大きな要因なのだろう。

さらにライバルとも言うべき地学部は、カツタの当選以来、入部希望者が殺到していた。なんと、ソフトボール・チームは3軍までできていた。

そのなかの精鋭部隊と戦うわけなのでなかなか勝てなかった。そして、カツタが監督面してその総指揮を取っているというのが気に食わなかった。

ラジオ深夜放送のほうはというと、ちょっとマンネリ化して、そんなに面白いとは思えなくなってきた。

留学の夢も断たれ、どうやって生きていこうか、まったく見当がつかなくなっていたヒデキは、マサキを無理やり引きずり出して、漫才を続ける。

「ライバル、ライバル、ライバル、ライバル」

「ベニズワイガニのライバルは？」

「ペニスワイセツガニ」

「アホ！」

マサキをどついても気分が晴れない。

深夜放送では、バカ売れしていた荒井由実の『あの日にかえりたい』が、毎日のように流れていた。確かにこれは深夜に合うメロディーだ。ヒデキは森田童子のようなマイナー歌手のほうが好きだったが、この歌だけはお気に入りだった。

ヒデキは「あの頃の私に戻って、天才になりたい」と替え歌にして歌うのだが、天才には戻れそうになかった。

唯一の救いといえば、例の解答集を買って勉強したおかげで、２学期の期末試験も数学演習が満点だったことぐらいだった。


「あんな風になったらあかんで」

ヒデキは常々母親からそう言われていた。そのせいか、ヒデキは父親とあまりしゃべることはなかった。

東大には行けそうもない。早稲田か慶應を出てサラリーマンになったところで、父親ほどおべんちゃらもうまくないので、下手をすると母親の言う「あんな風」になってしまうかもしれない。

ヒデキにとっては反面教師でしかなかった父親であるが、ときどき、梅田の阪急東通りにある焼き肉屋に食べに連れて行ってくれることがあった。

そこのお肉はとてつもなくおいしかった。家の近くにある韓国人がやっている焼き肉屋とは全然レベルが違う。

父親はそのあたりの雀荘に入り浸っているせいか、父が店に近づくと「ヤーさん」とか呼ばれて、あまり風体のよくない人があいさつをしてくる。ヤダさんだからヤーさんなのだろうが、実は父親がヤクザの仲間なのではないかと心配したことがあったくらいだ。

この焼き肉屋も常連なのだろう。韓国人と思われるおばさんが、父親のことを「カネポさん」と呼ぶ。

ヒデキの母親は、いつも「会社の金で飲み食いしていて大丈夫なのか」と心配していたが、サラリーマンというのはそういうことのできる職業だとヒデキは思っていた。

そんな父親がある日曜に、名作映画をやっているから観に行こうと誘ってきた。難波の松竹で上映していた野村芳太郎監督の大作『砂の器』だった。

前々からヒデキは映画に興味がなかったわけではなかった。

三バカのモリヤマの影響で読み始めた『プレイガイドジャーナル』は関西の演劇と映画がメインの情報誌で、多くの執筆者が映画についてのコラムやエッセイを書いていた。井筒和生（現・井筒和幸）監督や桂サンＱ（現・二代目快楽亭ブラック）のピンク映画評は取り上げる映画を毎回クソミソに言うので笑わせられた。

もちろん、『砂の器』のことはヒデキも知っていたが、『プレイガイドジャーナル』の影響でマイナー映画に愛着があったことから、それほど気乗りがしなかった。

でも、帰りには焼き肉が食べられると思い、付いていった。

ところがヒデキは、この映画にいたく感動したのだ。名作だった。

別の感動もあった。ヒデキがかつて大好きだったＮＨＫのテレビドラマ『銀座わが町』以来の憧れの女優・島田陽子がなんとこの映画で脱いでいたのだ。完全な清純派女優として売っていたので、この島田のヌードシーンはヒデキには刺激が強すぎた。

ひょっとしたら父親もこのシーンが見たくて、この映画を観に来たのではないかという想像さえした。

母親に言わせると、父はスケベの塊のような人間だという。若い頃に結核で城崎《きのさき》に療養していた際にも、手伝っていた親戚の土産物屋で、エロ写真を好事家の観光客に売るのに天才的な才覚を発揮していたらしい。

いずれにせよ、映画というのは、大女優を脱がせるだけのものがあるということを知って、深夜放送しか趣味のなかったヒデキに新たな関心を与えたのは確かだった。

その前年に作られた『祭りの準備』もあちこちで絶賛されていたが、ヒデキはまだ観ていなかった。この映画では、ちょうどその頃から『クイズダービー』に出始めた竹下景子がヌードになっているらしい。ただ、神戸にも大阪にも常設の名画座はない。

結局、やはり『プレイガイドジャーナル』で、梅田の毎日ホールでやっているのを見つけて、今度は授業を抜けて一人で観に行った。

このときは、『砂の器』とは別の感動をした。

高知の土着の雰囲気にどっぷりと浸って、映画館全体がその空気に染まってしまうのだ。

「これはテレビとはまったく違う！」

ヒデキは圧倒された。

毎日ホールでは、ＡＴＧ（日本アート・シアター・ギルド）の旧作の特集をやっていて、大島渚や吉田喜重などの名作が並んでいた。ただ、小説嫌い、哲学嫌いのヒデキにとって、この手のインテリっぽいものは、不快なだけだった。

一方、おまけのようなかたちで見た、ＡＴＧらしくない中島貞夫監督のヤクザ映画『鉄砲玉の美学』だけは素直に楽しめた。

渡瀬恒彦が演じる鉄砲玉が哀しく、「だけどみんな俺に手錠をかけたがるのさ、ふざけるんじゃねよ動物じゃないんだぜ」というシャウトは、ヒデキにとっては深夜放送でなじみのロックバンド「頭脳警察」のもので妙に耳に響いた。

毎日ホールにはその後も、3回も授業を抜け出して観に行ったが、たいした収穫は得られなかった。

相変わらず、ヒデキの生きる方向は定まらなかった。

留学の夢も事実上断たれ、選挙も落ち続け、成績も多少は上がったとはいえ、イマイチ。ヤクザの弁護士も考えたが、文Iに入るだけでも大変なのに、そのあとには司法試験という難関が待ち構えている。大学に入ってまで勉強をする気にはなれないヒデキには、気の遠くなるような話だった。

そういうモヤモヤもあって、ヒデキは、メジャーなものにさらに嫌悪感を示すようになっていった。

谷村新司の『セイ!ヤング』も、その頃にアリスが『今はもうだれも』『帰らざる日々』とヒットを飛ばして以来、メジャー感が強い。添え物のはずのばんばひろふみも、『「いちご白書」をもう一度』でアリスを超えて、オリコン1位になるようなヒットを飛ばし、すっかりメジャーになってしまっていた。

大阪の芸人でも『ヤングタウン』に出るテレビタレントより、当時はラジオタレントだった上岡龍太郎の毒舌にヒデキは惹かれた。

上岡の深夜番組のなかでは、アリスの『帰らざる日々』のサビが、荒木一郎の『君に捧《ささ》げるほろ苦いブルース』の丸パクリといわんばかりの曲紹介がなされた。ぴんからトリオのリーダーで、歴史的大ヒット演歌『女のみち』の作曲者である並木ひろしが、トリオを追い出されて結成した「並木ひろしとタッグ・マッチ」に肩入れして、彼らが歌う『午前二時の女』が流されたりもした。『午前二時の女』はまさに演歌の名曲で、演歌嫌いのヒデキでもしびれた。

そういうわけで、ヒデキは、並木ひろしや荒木一郎に肩入れするようになり、あれだけ好きだった谷村新司をボロカスに罵るようになっていった。

「昨日聴いたと思うけど、谷村新司はやっぱりパクってるね」

大阪のラジオをくまなく聴いているユモトと例のごとく帰りの電車に乗りあわせるとそう声をかけてきた。

「ホンマや。あれはひどいな」

「実は谷村新司の関西弁もたぶん芸やと思う」

「一応、関西人やろ」

「大阪の南のほうの出身で、大学もピン大や、あんな京都っぽい関西弁にならへんはずや」

確かにヒデキの母方の身内はみんな大阪の南のほうに住んでいて、ピン大こと桃山学院大学はもっとガラの悪い和泉にある。泉大津のおじさんも慶應を出たボンボンだが言葉は汚かった。

「確かにそうや！」

谷村新司が嫌いになり始めていたヒデキは膝を打った。

そんなマイナー志向のヒデキは、東京のメイン局よりはるかに雑音が入っても、地方局の深夜放送をチェックするようになった。

名古屋の東海ラジオの『ミッドナイト東海』では、新進タレントである笑福亭鶴瓶のトークが好きだった。

あのねのねの一員だったのに落語家に弟子入りしてスターになり損ねた話や、しんみりした関西の人情話をするかと思うと、少し前にはやった、伊藤咲子の『いい娘《こ》に逢《あ》ったらドキッ』をもじって「いい娘に逢ったらボッキ」とギャグを飛ばすなど、ヒデキ兄弟の「ライバル漫才」とセンスが近いように思えた。


他にも、ヒデキは東京の地方局である「ラジオ関東」の声優・広川太一郎の『男たちの夜…かな⁉』を好んで聴いた。

なかでもヒデキがもっともはまったのが、『陰気なサザエさん』である。

「お魚くわえたドラ猫、追っかけて」で始まる有名な『サザエさん』の主題歌を短調で歌い、「素足でかけてく」のあとが「陰気なサザエさん」になるだけなのだが、ヒデキは深夜、机の前で腹を抱えて笑ってしまった。それを真似してマサキに歌ってみせると、マサキも大笑いしてくれた。

また、地歴部の仲間の前で歌うとまさに「みんなが笑ってる」状態になるのだ。

「ヤダ、それおもろいな！」

イケヤマは特にはまっていた。笑いの取れるギャグを一つも持っていなかったヒデキの、これが唯一のお笑い芸になった。ただ、コウに披露しても普段『サザエさん』を見ていないからか反応はいまいちであった。


自分はマイナー人間と自嘲してきたヒデキに、かすかな転機が訪れた。

受験生は1月に最後の模試を受けるのだが、それに合わせて、灘校では高1は1年上の高2が受ける模試を受けさせられる。

噂によると、ときどき高1で高3の模試を受けて、東大理ⅠならA判定を取るやつが出るらしい。

ヒデキには遠い雲の上の存在で、気乗りがしないままその模試を受けた。

その高2用の模試は英数国の3科目で、ヒデキの得意な化学はない。

英語はできるだろう。国語と数学の惨敗は覚悟していた。

数学は演習では2回続けて満点は取ったが、それは解答集を覚えて取ったものであった。模試で使えるわけがない。

ところが、いざ模試を受けてみると、答えを覚えた範囲の問題については、すぐにやり方が思い浮かぶのだ。もちろん、その手の問題では楽勝である。

灘の人間にとって、問題のレベルが低かったこともあったが、他にもできる問題がたくさんあって、おそらく8割は取れた。

「これまで勉強をしてこなかった範囲の答えを全部覚えたら、かなり数学ができるようになんやないか」

ヤバセ先生の決めのセリフをつぶやいた。

「数学は暗記だ」

そして、続けてこうもつぶやいた。

「だとええんやけど」

第九章 ヒデキ、映画監督を志望

灘の春休みは長い。

入学試験のシーズンは当然、学校も休みだ。そのため、中間試験もない3学期は、早めの期末試験を終えると、あとはほとんどが休みだ。

公立高校の生徒が3月の20日過ぎまで学校に行かされているのと違って、私服通学であることと、早くから春休みになることに、ちょっとした優越感を覚える時期でもある。

期末試験の終わった日、ヒデキは『プレイガイドジャーナル』をぼんやりながめていた。

そこに、毎日ホールで上映している『赤い鳥逃げた?』の紹介記事が目に入った。

『祭りの準備』で、村の強烈な荒くれ者を演じた原田芳雄が主演だった。しかもこの映画では、桃井かおりが脱いでいるらしい。

この『赤い鳥逃げた?』はヒデキの心にズシンときた。

肝心の桃井かおりのヌードは、あまり興奮できなかったが、この映画は、何もできないダメな自分をえぐられるようで、ヒデキはその世界に没入していった。

「うまく生きられない若者のやるせなさ」は当時のヒデキの心そのものだったのだ。

『祭りの準備』は中島丈博の自伝的作品で、当時の高知の漁村の若者の姿をリアルに描いていたが、これは偽造誘拐を描いたロードムービーである。

つまり、『赤い鳥逃げた？』のほうがはるかに非現実的なのだが、ヒデキにとっては田舎の世界は遠い存在で、都会であがく若者のほうが実際にあり得る心理だったのだ。

「することがなくなりゃもう老人なんだ」

「このままじゃ俺は、28歳のポンコツさ。俺たちゃ中年をとびこして、いっぺんにジジイになっちまうんだ」

こんな、原田芳雄のセリフが胸に染みた。

「そんなこと言われたら、僕なんか16歳のジジイだよ」

ただ、それだけがヒデキを打ちのめしたわけではない。映画のなかで原田芳雄が口癖のようにつぶやく「なんとかしなくちゃ」というセリフがヒデキの心情そのものだったのだ。

上映終了後は、混雑する特急を避け、各駅停車で帰った。座席に座って、その映画のチラシをヒデキはぼんやりと眺めていた。

監督の藤田敏八《としや》の名前はもちろん知っていたが、彼の映画を観るのは初めてだった。

脚本はジェームス三木、撮影は『祭りの準備』と同じ鈴木達夫、音楽は樋口康雄。助監督は長谷川和彦とあった。

「ん！」

頭のなかで閃光《せんこう》が走った。

「映画ならいけるかもしれない！」

ヒデキは、自分には何の才能もないことを痛いほど自覚していた。音楽的センスも、話を作るセンスも、お笑いのセンスも、そしてスポーツの才能も、話術の才能もない。本当にポンコツである。

この映画の原田芳雄は女性にモテていたことがせめてもの救いだったが、ヒデキにはそれさえもない。唯一の取り柄は勉強ができることだったのだが、今ではそれさえも取り柄でなくなった。

しかし、映画監督であれば、そういう取り柄はいらないかもしれない。

脚本家に話を作ってもらい、役者がそれを演じる。美術スタッフに画《え》を作ってもらい、カメラマンがそれを映像化していく。

監督というのは、自分の思いを脚本家や役者にぶつけ、自分の思いと違っていたら文句を言う。気に入らなければ脚本家も役者も直してくれる。助監督もサポートしてくれる。いろいろな才能のいいとこ取りをして、自分の思いに近いものができたところで監督はＯＫサインを出せばいい。

鬱屈してはいたが、ヒデキには、「思い」だけはある。それがかたちにできずにもがいていただけの話だ。

「だから、東大出の監督が多いんや」

ヒデキはそんなくだらない納得をした。

これからの学歴を諦めていた分、ヒデキには学歴コンプレックスのようなものがあったので、映画監督の学歴には詳しかった。藤田敏八を含め、東大卒や高学歴の監督が多いことは重々承知していた。

東大卒の肩書で、理屈をこねくりまわして、スタッフもキャストにも言うことをきかせる。そうすれば、自分に才能がなくても、自分の考える完成品を作ることができる。

これは、まさにヒデキに向いた仕事としか思えなかった。

「よし、映画監督や！　さすがに文Ⅲやったら勉強すれば受かるやろ。助監督試験は難関やろうけど頑張るしかないわ！」

夢がなくなり、やることのなかったヒデキにようやく「やること」ができた。

この日から、楽に過ごせるはずの春休みが忙しいものになった。

「高2から受験勉強を始めるから」と母親に宣言してもらったお小遣いのなかから、数学の『チャート式』を買い揃えた。

優等生のノートを覚えた部分は、模試でもほぼ完璧にできたので、それまで数学をさぼってきた部分については答えを覚えさえすればできるかもしれない。ヤバセ先生の「数学は暗記ですからね」という言葉を信じるしかない。

ヒデキは、書店ではいろいろな数学の参考書や問題集で、入念に解答欄をチェックした。一番解答がわかりやすく、自分で理解できるものを探さないといけない。

梅田の紀伊國屋書店の参考書コーナーに2時間はいただろうか。

どの本を見ても数学のできる先生が、このくらいできて当然という書き方をしている。そのなかで、最終的には、数研出版の「チャート式」と旺文社の「鉄則」シリーズが候補に残った。だが、解答が素直で学校でも同じ数研出版の『オリジナル』や『スタンダード』のシリーズをやらされていたので、問題にもなじみのある「チャート式」を選ぶことにした。

どうせ入試レベルに達しないと意味がないし、解答を読む限り思ったよりはわかりやすかったので、「青チャート」でなくハイレベルの「赤チャート」をやることにした。

一日50問として、20日で終わる。春休み中に数Ⅰは完成する。数Ⅱは去年の試験対策で半分以上は覚えている。

古文と現国は、できるようになる気がしなかったが、高2になると地歴部のみんなからも様々な受験情報が入ってきていた。そのなかでイケヤマが画期的なことを言っていた。

「俺の計算やと、文Ⅲなら440点満点で230点あれば合格できると出たわ」

ヒデキの場合で言うと、英語が120点満点で80点、数学が80点満点で60点取れれば、国語と社会の2科目は240点満点中90点で合格できる。いくら暗記ものが苦手のヒデキでも、これならなんとか算段できそうだ。

文Ⅲではあるが、東大に入る現実的な数字が見えた気がした。

とにかく今はまずチャート式を覚えていこう。数学と英語ができれば、潰しはきく。もちろん中3や数Ⅰのチャート式には、自力でも解ける問題はあった。

見てすぐにやり方が思い浮かぶ問題は自力で解いた。ただ、そうでない問題は、すぐに答えを見た。中間試験や期末試験でやってきた通りのやり方だ。

筋道を追って、解答をノートに書き写す。上の式から下の式にどうして変換されるのかわからない場合は、その計算の部分だけは自分でやった。

春休みなので、これを一日中やっていると、どんどん解法のストックが増えていくのが実感できる。

「よし、なんとかなるで」

もちろん、覚えた答えに不安もある。

週に一度、覚えた350問のなかから、ランダムに10問から20問選んで、自分でテストをしてみる。このときは自力で解く。これも中間試験や期末試験のときと同じやり方だ。

昔とった杵柄《きねづか》と言おうか、覚えた解法はよく身についていた。やったことのある問題ならだいたい100点が取れる。

答えを見ても理解できない問題はまったくのお手上げだった。ただし、そんな問題は5％くらいしかなかった。

「満点でなくても受かる」

ヒデキは自分に言い聞かせた。

少なくとも灘に入って初めて、自分が賢くなっていくのを実感した。

ヒデキが忙しくなったのは受験勉強のためだけでない。「監督修行」と称して、映画青年に変身したからだ。

土曜か日曜は映画の日と決めたのだが、日本映画の旧作や名作を観られる劇場は関西にはそう多くない。ところが『プレイガイドジャーナル』を隅々まで見ていると、ヒデキはある大発見をした。

なんとお膝元の神戸に、日本映画を安く観られる映画館が三つもあるではないか。

一つは福原国際東映。ヤクザ映画2本、ポルノ映画2本、名作映画1本というラインアップで、なんと450円。

一つは湊川《みなとがわ》温泉劇場。ここも名作映画とポルノ映画込みで、4本立て350円。温泉付きだと450円となる。「温泉付き」とはなんだろうか。

一つは神戸シネマ。もっと強烈でなんと3本180円である。

「行くしかないわ」

その日から、ヒデキの本格的な映画狂いが始まった。

ヒデキは西宮に住み、神戸市の学校に通っていたのだが、三宮や元町といった神戸の街にはほとんど縁がなかった。

母親が大阪出身なので、買い物は梅田の阪急と相場が決まっていた。

阪神間の人間にとって、親が大阪出身なのか、神戸出身なのかで買い物をする場所が違うのだ。ヒデキは、圧倒的に大阪派であった。親戚筋もほとんどが大阪にいる。

灘の最寄り駅からは、阪神魚崎にせよ、国鉄の住吉にせよ、三宮までは10分もかからない距離だったのだが、やはり神戸はなんとなく遠く感じてしまう街だった。

神戸に住む友達も、マエカワくらいしかいなかった。彼に誘われて三宮や元町に買い物に行っても、そこは「女物の街」のような感じがして、ヒデキは好きになれなかった。

また、いくら元町の大丸が大きいといっても、心斎橋の本店に比べるとしょぼい感じがしたし、梅田の阪急と比べるともっとしょぼい感じがした。

そんなわけで、家族旅行を除けば、電車に乗って、三宮より西に行くのは初めての体験だった。

自宅からは、夙川で乗り換えると新開地まで阪急電車で一本で行けるし、むしろ梅田より近いのだが、電車賃がやたらと高い。

阪急三宮から先は神戸高速鉄道という地下鉄が管轄するので、急に値段が上がるのだ。高校生のヒデキにはバカにならない出費だ。しかし入場料の安さを考えるとそれも仕方ないと思った。

マエカワからも「新開地は怖い」という話は聞いていた。山口組の本部があるのだから、「怖い」のはもっともな話だ。

新開地は、日雇いの港湾労働者が時間を潰す街とされていた。

阪急から続く地下鉄の駅は、それなりにきれいなのだが、とにかく駅で降りる客層が違う。薄汚れたジャンパーを着たオッチャンや、トリスウイスキーのポケット瓶を持ったオッチャンなど「オッチャンの比率」がひどく高い。

おばあちゃんの家に行く途中の環状線にもガラの悪いオッチャンがいたが、ここはその「人口密度」が違う。

地下鉄の駅を降りて地上に出ると、片側2車線はあるようなかなり広いアーケード商店街が続くのだが、やたらに薄暗い。昼間なのに歩いている人もまばらだ。それに歩いている人は、みんな汚い風体をした日雇い労働者たちだ。

ヒデキのような若者はいないので、足早に目当ての福原国際東映を目指す。

今回のお目当ては、増村保造監督の『大地の子守歌』だ。

監督は東京帝国大学法学部卒で、イタリア留学もしたインテリである。毎日ホールで見たものすごく暗い映画『遊び』での、畳みかけるような容赦のない悲劇が連続する演出をヒデキは気に入っていた。

『大地の子守歌』は、原田美枝子が悲惨な盲目の少女として売春島に売られる話なのだが、悲惨のうえに悲惨をさらに畳みかけるような演出が冴えていた。

ところが、客席のほうはというと、原田美枝子が出る濡れ場になると唾を飲み込む音がしたり、息を凝らしたりという感じになるのだが、基本的には「昼寝タイム」になっていた。

一方、鶴田浩二のヤクザ映画で、鶴田浩二が背中の入れ墨を披露すると、「いよっ！」という声がどこからともなく沸き起こる。

東映ポルノも併映されるため、思春期のヒデキは、興奮しっぱなしであった。しかし、やはり下品な感じは否めない。もったいないので結局5本すべて観るのだが、やはり『大地の子守歌』以外には収穫はなかった。

映画館を出ると夕暮れの新開地のアーケードはさらに薄暗かった。ただ、早足で行けば駅までは3分ほどで着くので、それほどの危険は感じなかった。

これからもこの小便臭い劇場で、こんな客層の人たちと映画を観続けることになるのかと思うと気が重かったが、映画修行と割り切って、ヒデキはその後も新開地通いを続けることにした。

映画帰りに電車でときどきコウに会うとなんだかほっとした気持ちになった。

「ヤダ君、今日はなにを観たの？」

映画にはあまり関心がなさそうだが、毎回のように聞いてくる。

「野良猫ロックはすごかったで。やっぱり藤田敏八は青春映画のマエストロや」

わかるはずもないであろうヒデキの説明をコウはただ静かに耳を傾けて聞いてくれた。


新開地通いで、ヒデキは様々な発見をした。

湊川温泉劇場の温泉付き100円増しというのは、まさに羊頭狗肉《ようとうくにく》というもので、映画館になんと銭湯が併設されていた。映画を観終わったあと、銭湯で一風呂浴びる。仕事にありつけなかった港湾労働者にとってパラダイスのような劇場である。

湊川は東映系の福原国際東映と違い、松竹系ということになっていて、ヤクザ映画より喜劇がポルノ映画と組み合わされ、そのうちの1作は名作という組み合わせだった。

『赤い鳥逃げた？』に続いて原田芳雄にしびれることになった渡辺祐介監督の名作『やさぐれ刑事《デカ》』はここで見た。

激安の神戸シネマは、古い作品や時代劇が多く、あまり行く気がしなかった。しかし、『青春の蹉跌《さてつ》』のような東宝名作青春映画をときどきやるのでそのときだけ足を運んだ。ここは、とにかく小屋が広い。1000席はある。

値段が安いので、時間潰しの港湾労働者のオッサンたちで6、7割は埋まる。そして例のごとく時代劇では、正義の味方が悪代官を斬り倒すシーンで「よっ！」と大歓声が上がる。ところがである。

ヒデキがお目当てのATG作品では、一人の酔っ払い客がスクリーンに向かって歩き出し、なんと小便をひっかけたのだ。

ヒデキは神戸の街のガラの悪さ、民度の低さにあきれるとともに、大衆を喜ばせる映画と、青臭い若者が観る芸術映画とのギャップの大きさを思い知らされることにもなった。

仮に映画監督になれるとしたらどっちに進むべきか？

ただ、当時の東映には、ヒデキのような若者と、神戸のガラの悪いオッサンの両方を喜ばせる映画があるのも発見した。

その一つが、伊藤俊也《しゅんや》監督、梶芽衣子《かじめいこ》主演の名作『女囚701号／さそり』である。

この映画では、梶芽衣子は主題歌を歌うがセリフは一言もしゃべらない。梶芽衣子は目の演技だけで勝負をしていたのだ。

この映画を観て以来、鋭い目つきの女性がヒデキの憧れになってしまった。そして、ほんのちょっとだけだが、嬉しいことに梶芽衣子のヌードも拝むことができた。

世をすねていたヒデキは、復讐劇《ふくしゅうげき》の映画を作るのもいいかなと思ったりもした。

それ以上に、ヒデキに衝撃を与えたのが『仁義なき戦い』だった。

もちろんアウトローの世界が好きで、原田芳雄の大ファンだったヒデキのことだから、菅原文太や、松方弘樹のアウトロー演技に魅了されたのは当然のことだ。お金に汚く、弱者に強く、強者のために平気で人を裏切るリアルなヤクザの世界は、社会派を自称するヒデキの心を揺さぶった。

「実録」という新しいジャンルは、ヒデキにはピッタリだったのだ。

そして、映画音楽でも、本当に血沸き肉躍る体験を初めてすることになった。

ラジオで聴いたヒデキの贔屓の落語家で、例の『バチョン』の名パーソナリティでもあった桂春蝶の『昭和任俠伝《にんきょうでん》』では、映画を観終わったあと、思わず肩をいからせる名場面がある。『仁義なき戦い』でヒデキはまさにその感覚を味わった。

実際、出てきた港湾労働者のオッサンたちは、みんなちょっと肩をいからせて歩いていた。

映画というのは、人々の心をシンクロさせて、映画館に一つの空気を作り出すということを知って愕然《がくぜん》とした。そこには灘校生も港湾労働者もない。

こういう映画が作れる監督になりたいと本気で思った。

もともと哲学青年でないヒデキは、すっかり芸術映画より娯楽映画志向に自分の方向性を変えていったのだった。

映画狂いとなったヒデキは、高2に進級した。灘校では高2で文系と理系にクラス分けをす

受ける授業が一部変わるからだ。ヒデキは、文Ⅲ志望なのになぜか理系のクラスに入っていた。

高2になる年の春休みに映画監督を志し、文Ⅲに行こうと思ったヒデキは、学年が変わる前に、文系クラスに志望を変えようと思ったのだが、間に合わなかったのである。

ただ、暗記数学で少しは数学ができるようにはなっていたが、国語の成績はボロボロのまま。社会科の暗記ものは大の苦手だったので、理系の学部のほうが大学に受かる気がしていた。

高2は、文化祭引退の年でもある。

それでも経済やビジネス書が好きなヒデキがこの年の課題にしたのは、ルネッサンス文化の最大のパトロンとされるイタリアの大富豪の「メディチ家」である。

実のところ、前年にやった鈴木商店のときほど気合いは入らなかった。

テーマが硬いこともあって、女子学生はほとんど見にこない。前々から覚悟していたことだが、最後の文化祭だというのに、ガールフレンドはできずじまいだった。

そしてまた、選挙の時期がやって来る。

任期が高3の6月までなので、高2の6月の選挙は最後のチャンスである。

前年は、高1だったにもかかわらずカツタが勝ったわけだが、今年は順当にいけば高2に生徒会長のポストが戻ってくる。

「生徒会長なんて1回なれば十分や」

カツタは再選を目指さないことを周囲に宣言していたので、強敵はいない。受験を控えていることと、カツタでさえも思ったほどの生徒会活動ができなかったことを見ていたせいか、高2からの立候補者はなかった。

根回しが成功したわけではないが、これほどのチャンスはない。

そして、今回はなんとコウが、副会長に立候補してくれることになった。

「ヤダ君は、どうせ、今度の選挙出るよね?」

「『どうせ』ていう言い方はないやろ」

「カツタ君は、結局何もできなかったけど、今の生徒会はひどすぎると僕も思うんだ。選挙で勝つということは予算をそれだけ多く取れるというためだけのことだろう。高校生のうちから金の奴隷なんて情けなくないかい? ショーペンハウエルだって、『本当の幸せを楽しむ能力のない人間が、金がすべてになってしまう』と言ってるよ。逆に言えば金がすべてになってしまうなら、幸せを楽しむ能力がなくなってしまう。今、僕らに欠けているのは幸せを楽しむ能力だと思わない?」

ショーペンハウエルが誰だかヒデキにはわからなかった。

ただ、ヒデキも「予算を勝ち取る」、あるいは「予算を配分する」権利で、人を従わせようと思って選挙に出続けていた。痛いところを突かれた気がしたが、コウは、ヒデキのことを理想主義者と思ってくれているみたいだ。

「その通りや。この学校が自由なんも、先輩が闘争してくれたからや。生徒を幸せにできへんようで、何が生徒会や」

「サルトルだって、自由とは、自由になるために戦う自由な選択以外の何物でもないといってるよ。僕も、教師の強かった時代なら、高校に上がるときに強制退学になっていたかもしれない。だから、今回は闘うことにしたんだ」

「で、僕とタッグを組んでくれるんか？」

「そうしようと思っている。君が生徒会長に出ることはわかってるから、僕は副会長で立候補するよ」

コウは具体的に二つの政策目標を考えていた。

「一つは、教師と自分たちの要求ができる会合を定期的にもつこと。もう一つは、生徒会誌をもっと将来の生き方を考えられるものにすること。僕は副会長として生徒会誌編集も担当しようと思うんだ」

「コウは難しい本も読んでるし、国語が得意やからな。カツタなんかより、お前のほうが全然すごいと思うわ」

「僕は編集という立場から、中1の生徒たちにも生徒会誌に文章を書いてもらいたいんだ」

やはりコウは大人だ。ただ、哲学者の名前が頻繁に出てくることだけは勘弁してほしかった。

こうして、他の立候補者と一緒に闘う学生らしい選挙戦を初めて経験することになった。

選挙経験だけは豊富なヒデキは、より具体的な四つの公約を立ち上げた。

・灘校出身の有識者に生徒会顧問になってもらい、自由な意見を聞く。
・去年生徒会が何もやらなかったので50万円も繰越金が出た。そのお金で50周年の記念行事をやる。
・灘校生の実態を書いて売れるような50周年記念出版物を出して印税で儲《もう》ける。その金で行事をさらに派手なものにする。
・下級生にチャンスを与えるために総務委員の一般公募をやる。

今回は高2の一本化にも成功したし、コウとタッグを組めば、まず負けることはないだろう。

多少、受験勉強に支障が出ることは覚悟して、生徒会長を目指して頑張ってみよう。

そんな折、またしてもヒデキの前にカツタが立ちはだかった。

「お前じゃ一生当選なんてせえへんのやから時間の無駄や。やめときやめとき」

なんとカツタは地学部の高1を候補に立ててきた。カワイというイケメン男だ。カワイは、カツタの入れ知恵だろうか、耳触りのいい三つの公約を掲げていた。

・秋にバザーをやる。
・定期的に生徒会の活動報告を行う。
・各委員会に中学生を抜擢《ばってき》する。

「今の生徒会は閉鎖的だ」「生徒会の会計を明朗にする」とカワイは言うのだが、これでは前任のカツタの単なる代理じゃないか、とヒデキはムカついた。

ただ、捨てる神あれば拾う神あり。ヒデキに再び運が巡ってきたのだ。

高1からもうひとりミヤモトという男が立候補した。

ミヤモトは「生徒会が一部のクラブやクラスのものになっている」という批判をし、民主化するべく立ち上がったと宣言した。これは、明らかに地学部支配に対するアンチテーゼであり、カワイの票を奪ったとしても、ヒデキの票には影響しない。そして、高1の候補者が二人になれば高1の票も自然と割れる。

「せっかく、高校1年生が生徒会長になったのに、また高校2年生に返すようでは、年長支配への逆行です。ただ、確かに去年の会長は何もできませんでした。これは巨大クラブに乗っかって、その利権のために生徒会長になったからとしか言いようがありません。真の民主化のために、このミヤモトタクヤに清き一票を」

高2批判をしているが、それ以上に、カツタや地学部支配への強烈な批判をヒデキの代わりに言ってくれるようなものだ。

いくらカワイに地学部という盤石な地盤があっても、これで勝ちパターンにもっていける。

「よし、いける」

「ついに、俺も灘校の生徒会長になれる日がきたか」

ヒデキはほくそ笑んだ。

高2は、地学部や反ヒデキ派のやつらを除けば3分の2の票は期待できる。高3だって、昨年は下の学年に負けて煮え湯を飲まされている。カツタのことはよく思っていないかもしれないが、今回は秩序を求めるだろうし、地学部への反感もあるので、ヒデキに半数以上は入れてくれるだろう。厄介なのは下の学年だ。

ヒデキの弱みは、運動会系のクラブに所属していないので、下の学年の後輩を締め付けることができないことだった。それはこれまでの4回もの選挙活動から身にしみて感じている。

しかし、今回はカワイはどっぷり地学部で、ミヤモトは数学研究会に腰掛け程度に所属しているだけだった。要するに、運動会系のクラブに関しては、純粋に人気勝負になるのだ。

これが予想外に、ヒデキに不利に働いた。

「高田がんがきたで!」

「ほんまや!　落ちる疫病神や」

「アホがうつる」

「灘校の癌《がん》や！」

「がーん！　がーん！」

本物の高田がん先生にはまことに申し訳ないことこの上ない。下の学年のクラスを回ると、〝灘校の高田がん〟コールがやかましく、ほとんど演説できない事態となってしまったのだ。気の毒なのは、ヒデキと共闘候補として一緒に闘うコウだ。

一緒に回れば、〝灘校の高田がん〟の同類と見られ、コウの状況は不利になる。ヤジが激しいので、コウの演説もかき消されてしまう。

「あんなくだらないコール、気にすることないよ。僕は、君と一緒に生徒会を変えていくために出るんだから」

「ホンマ、コウの言う通りやな」

「僕らは僕らのやれることを精一杯やろう」

それでも、コウはヒデキと一緒に選挙運動を闘おうと言ってくれる。冷静なヨシカワ君が、「それは損だ」と諭しても、コウは聞く耳を持たなかった。その決意は固い。

ヒデキが選挙に出るたびにヤダ家の食卓はその話題で持ちきりになる。

「ヒデキ、また選挙に出るんやって？」

「お兄ちゃんも懲りずにようやるわ」

「今回は当選しそう？」

「間違いなくいけるで」

「去年も同じこと言うてたで」

ヒデキはマサキを思いっきりつねった。母親はいつもどおりそれを制す。

マサキはヒデキの毎回の落選に呆れ返っていたようだが、母親は毎回ヒデキのことを応援してくれていた。開票日の前の晩には、なんの縁起を担いでか、カツが食卓に並ぶのだ。

東京に単身赴任中の父親も電話で「お前なら生徒会長になれるわ」と相変わらずの能天気な励まし方をしてくれる。

「コウが副会長として立候補したから一緒に闘うんや」

「あの、アイアンクローの人？」

マサキにはコウは神のような存在だ。

「コウ君ってタブチ塾で一緒だった、あのおとなしそうな子？」

母親も覚えている。

出会ってから5年ほど経《た》つコウとは、話はそこまで合わないものの、ヒデキにとっては誰よりも頼もしい存在であった。

「絶対に、ダブル当選や！」

灘で選挙にかけてきたヒデキの最後の演説は熱いものであった。

「今の灘校に何か楽しいことがあるでしょうか？　ブランドだけで女子校生が寄ってくる文化祭。受験勉強に明け暮れる日。僕たちがこの灘にいたという何かしらの青春の思い出を作ろうや。50周年の今しかそれはできへんと僕は思います。みんなで50周年にすごいことをやろ。それが僕の、そしてみんなと一緒にかなえたい夢なんです！」

最後のほうはシャウトに近かったが、まばらではあるものの自然と拍手が沸き起こっていた。

壮絶な選挙戦は終わった。

カツタとヒデキらが見守るなか、開票は進んだ。例年通り、中1から票があくのだが、ヒデキは中1で30票、カワイが100票と大差をつけられた。そして、中学の開票が終わらないうちに、カワイの当選が確実のものとなった。

カワイが地元高1でも圧勝し、高2と高3でヒデキが全部とったとしてもカワイの勝ちという形で、カワイの勝利が確定した。

カツタはガッツポーズをとって、カワイと握手する。

「予想どおり、楽勝やったな」

その後も開票は進み、同席した地歴部の面々はガックリうなだれていた。高2の統一候補が高1の二人に負け、最下位落選となったのである。

コウも副会長選で敗れた。高1と中学生の候補が取った。高2は文化委員長と体育委員長のポストしか取れないという前代未聞の結果に終わった。

「悲惨やな」

リアリストのヤスモトがつぶやいた。

ヒデキも一番それを身に染みて感じている。

コウも黙り込んでいる。いつも明るいコウにしては珍しいことだ。

「〝灘校の高田がん〟の道連れにしてゴメンな。僕のせいや」

「いいよ。世論なんて気まぐれなものさ。僕の公約を読まないで、君を理由に僕に入れないというような人は、ニーチェの言う『世論と共に考えるような人』なんだから、自分で目隠しをして、耳栓をして生きていくようなものだよ」

やはりコウは違う。

「それにニーチェはこうも言ってるよ。『高い所へは、他人によって運ばれてはならない。人の背中や頭に乗ってはならない』と。これからは、人がどう思うかでなく、自分の脚で歩いていかないといけないんだ」

ヒデキには、そのときはこの言葉の意味がぴんとこなかった。

「あんたはよう頑張ったわ」

家に帰ってきて浮かない顔をしているヒデキを見て、母親は察したのか、優しい言葉をかけてきた。

「またダメやった」

その日の食卓にはスーパーで買ってきた寿司が並んだ。ヒデキの大好物だ。

「腹いっぱいやから兄ちゃんにイクラあげるわ」

マサキなりに気を遣ったのだろう。

その夜、なかなか寝付けず、考えごとをしていると、コウの言っていたニーチェの言葉を、選挙で選ばれることを考えるより、大学に受かって、自分で映画監督の道を切り開かないといけないのだという意味に理解するようになった。


ヒデキは、選挙で負けたことで自分の「人気のなさ」が、より切実な課題となっていた。日活の助監督試験を受けるにしても、面接試験を受けないといけない。

他の生徒から人望がないこともさることながら、ヒデキは教師に好かれた記憶も、ツボイ先生以外にはない。少なくとも灘に入ってからはそうだ。

『プレイガイド・ジャーナル』を見ると、前年の『嗚呼《ああ》!!花の応援団』という一般映画の大ヒットで息を吹き返したはずの日活が、肝心のロマンポルノの客足が減って、赤字が続いているという。

日活の経営が傾いてくるようなら、自分が大学を出る頃には助監督試験そのものがなくなるかもしれない。それを裏付けるような記事を書いている映画誌もあった。

ヒデキは、『仁義なき戦い』など娯楽作品のよさもわかるようになっていたが、一方でやはり「青い」映画も好きだった。

ATGが500万円を出し、独立プロ側が500万円を用意して製作費1000万円で映画を作り始めていた。そして、そのなかから何本もの名作映画が作られていたことも知っていた。

もう少しお金がかかっているATGの作品で、長谷川和彦監督のデビュー作『青春の殺人者』を観て、ヒデキはぶっとぶような感銘を受けた。精神的に追い詰められたあげく、とっさに親を殺してしまう若者の心情を丁寧に描いていて、2時間を超えるのに飽きさせないどころか、のめりこみっ放しの映画となっていた。

また一方では、京都の呉服屋のボンボンである高林陽一という監督は、『本陣殺人事件』『金閣寺』と立て続けに話題作を撮っていた。

おそらくは実家のお金を使ったのだろう。

「そういうことか」

ヒデキは妙に納得してしまった。

第十章　ヒデキ、医師を志望

「映画を撮るには、やっぱり医学部や」

ヒデキは、これまであまり考えたことのない医者の道を選び始めた。

ただ、思い返すと母親は小学校時代からヒデキに「医者になったらどうか」と何度も言っていた。

「あんたは変わり者《もん》やから会社勤めは続かんやろ。ちゃんと勉強して何か食べられる資格を取らんと大変なことになるで」

「食べられる資格」と言って、言外に医者か弁護士を匂わせているのは、ヒデキも感じ取っていた。大変なことというのは、就職できないでぶらぶらしているということなのもヒデキには察しがついた。親戚でいちばんの秀才で関西学院に入ったお兄ちゃんが、学生運動で逮捕されて、いまだに就職できていない話を何度も聞かされていたからだ。

「医者になったら、1000万円は作れるやろ。高林さんみたいに助監督をやらんでも監督になれればそれにこしたことないわ」

会社という組織では一度入れば、そう職を変えられるものではない。父親は、大学時代の成績がよかったので、名門企業である鐘紡に入った。ところがその後、繊維業界は斜陽産業になり、成績が悪かった連中が入った家電メーカーが成長産業となった。

大卒社員の少ないその手の会社では、大学で成績の悪かった彼らが出世していった。そんな話を聞かされるにつれ、運命のなすがまま流される会社勤めはなるべく避けたいとヒデキは考えるようになった。

映画監督という職業を知り、それになるために映画館通いを続けてきたのだが、結果的に小さい頃から母親から言われ続けてきた医者の道を選ぼうとしている。これも運命なのだろうとヒデキは思った。

6月に受けた高3生対象の模試では、名門大学志望者だけでなく一般受験生も対象で問題が易しいということはあったが、春休みからチャート式をすべて覚えてきた甲斐《かい》もあって、高2ながら数学で満点を取った。

得意の化学は9割以上、英語も9割取れた。国語や物理は平均点しか取れなかったが、東大理Ⅰでなんと A判定を取ってしまったのだ。

個人情報がうるさくなかった時代なので、模試の上位者は名前が載る。数学の満点は500人もいたので、その中にヤダヒデキがいてもそうは目立たない。だが、760位だった全体順位は1000位まで名前が載るので、天才小学生だった頃以来のランクインにヒデキは感激した。灘の高2の中でも18位につけている。

「このままいけば高2を終えた時点で東大に合格できる。ということは、高3の終わりには理Ⅲも狙えるのんやないか？」

実際、当時の灘は理Ⅲに毎年15人は現役合格していた。あと3人抜けばそのラインに乗るのだ。

高1の終わりには、下から数えたほうが早かったのに、あっという間に、模試の成績上では、賢い軍団のお尻くらいにはつけたということである。

実際、ボンボンが多いためか、成績が伸び悩んでいる生徒が多いサカグチ塾出身者の仲間からは、さっそく注目された。

「ヤダ、知らん間に勉強しとったんやな」

「選挙は弱いけど、おいらの希望の星や」

「これからも一緒に頑張ろう」

文系で500番につけた、つまり今受けても東大文Ⅰのボーダー上にいるヨシカワ君も声をかけてくれた。

まさかヨシカワ君と肩を並べるとは。

わずか3か月でこんなことになるとは。

まさに「暗記数学」の威力が発揮されたのである。

とはいいながら、ほぼ同時期に受けた中間試験の順位は学年で真ん中程度であった。だが模試には強い。これは中学受験のときに塾のテストでの成績より、模試のほうがずっとよかったときと同じパターンだ。

学校の成績より模試の成績があてになるというのは受験の常識である。ちなみにイウエはこの時点で250位で、高2にして東大文Iで A判定を取っている。

「東大医学部から日活の助監督試験を受けたら、話題性で取ってくれるかもしれへんし」

ヒデキは今度はそんな厚かましいことを考え始めた。

あくまで狙うは映画監督なのだ。

ヒデキの受験勉強が好転の兆しを見せ始めたとき、また新たな難題が浮上してきた。

「共通一次試験」という新しい試験が始まるというのだ。

1967年に学校群制度が採用され、日比谷高校などの都立の名門校が凋落《ちょうらく》した頃から、すでに特定の名門校しか東大に入れないことなど、受験競争の激化への批判は強かった。

灘高校が東大合格者数のトップに躍り出たのは1968年のこと。卒業生が2倍以上いる日比谷高校の東大合格者数を抜き去り、現役合格率でも日比谷よりはるかに高い結果を残した。

しかし、学校群制度が導入された年に日比谷高校に入学した生徒が受験するのは、70年ということになるから、これは学校群制度導入のためではないのは明らかだ。

実際、日比谷高校など都立の名門校による東大合格者の寡占化が批判されて、学校群制度の導入が決められた１９６６年の東大合格者数は、卒業生４７０人弱の日比谷高校が１２８人なのに対して、２２０人強の灘は96人、１８０人の東京教育大附属駒場（現・筑波大附属駒場）は85人で、この時点で6年一貫校のほうがすでに優位になっていた。

日比谷高校からは、最盛期には１９２人も東大に合格していた。このときには落ち目になっていたのに、当時の東京都の教育長が「学校群制度」実施で背中を押したのだ。

灘のなかにも、反則勝ちで東大合格者数1位を獲得したように言われるのにむかついていた人間が少なからずいた。

ヒデキも、「左翼が貧乏人から東大に入るチャンスを奪う」と学校群制度導入とその後の結果を見て、自分たちとははるかに前の世代の受験生のために怒り狂ったことがある。受験批判を続けながら、自分たちの子どもを灘に進学させる朝日新聞のダブルスタンダードと並んで憤っていたのだ。

「進歩派」教育論者たちの失策により、灘や開成、教育大駒場、ラ・サール高校などの6年一貫校による東大合格者数の寡占が進んだ。この自分たちの失策を入試改革によってなんとかしようという意図が明らかだった。

つまり、ハイレベルの受験対策が行える学校の生徒しか解けないような難問・奇問を排した

「高等学校における一般的・基礎的な学習達成度の共通尺度による評価」ができる試験を導入しようということになったのだ。

そして、1977年5月に大学入試センターが設置され、共通一次試験の実施が確実になった。

ヒデキがやっと受験に手ごたえを感じたまさにその時期に、共通一次試験の第一期生になることが決まったのである。

この決定に灘高も騒然となった。

「易しい問題でミスの少ないやつを集めて、東大をつまらん人間の集まりにする気か？」

「田舎もんを助けるために何で俺らが、犠牲にならんとあかんのや」

「難しい問題も解かれへんアホには東大に来てほしないわ」

口の悪い灘の秀才たちは、東大に入っているわけでもないのに、みんなこの方式には反対だった。

ヒデキも秀才でもないくせに、その論調には同調した。だが、「易しい問題でミスが少ない」というせこい点の取り方は、小学生時代の模試でのヒデキの必勝パターンであった。学校の難しいテストでは点が取れないのに、易しい模試だと好成績を取るパターンは今も変わらなかったので、ちょっと胸が痛んだ。

いずれにせよ、これはヒデキにとっても、灘校生にとっても大きな意味を二つもつ。

一つは、二期校と言われる学校がなくなるということである。ヒデキが順調に学力を伸ばしていったとしても、理Ⅲはボーダーライン上だ。その日のコンディションで落ちることも十分あり得る。

ヒデキの1年上の学年であれば、東京医科歯科大学など二期校の受験のチャンスがあった。この大学なら、東京という立地を考えると映画の世界に入り込めるチャンスは他府県の地域の大学に通う学生より大きい。

ヤダ家の経済力からすると、私立の医学部は、授業料が比較的安いとされる慶應でも入るのは難しいと思っていた。だとすると、国立の医学部受験がワンチャンスになるこの変革は痛い。

もう一つは、灘という学校は東大対策には強いが、易しい問題への対策はろくにやらないことと関係する。

実際、当時の灘高は、東大合格者数トップを競う以上に、毎年15~20人が理Ⅲに入るという驚異的な実績を残していた。これは東京都の御三家と国立の付属など名だたる名門校の合格者の合計とほぼ同数である。現役合格者の数だと灘一校のほうが多いのだ。

ところが、問題が易しい慶應の医学部には、毎年5~10人程度しか受かっていない。要するに易しい問題で、ミスが許されないほうが灘校生にとっては不利なのだ。

この試行テストの予想問題集をやってみると、ヒデキでも苦手な国語で7割ちょっと取れるし、英語も楽に9割を超える。数学は満点が当たり前。ミスが許されないような問題ばかりだ。

確かに、一部の6年一貫校が有利になるような難問を排することで、学校の授業内容をちゃんとマスターしていればきちんと点を取れる問題にするという趣旨だ。それによって、地方の公立校にもチャンスを与えるということなのだろうが、これでは理Ⅲの足切り点が95％くらいになりかねない。

1000点満点で50点しか落とせないのは痛い。国語で8割、社会の2科目で8割なら、残りの科目で満点を取っても、920点にしかならないからだ。

一方、マスコミは、この共通一次試験の導入に好意的だった。灘のような卒業生の半数以上が東大に入る進学校の存在に批判的だからだ。

この入試改革の背景に、マスコミの受験競争批判があると見ているヒデキは、腹が立って仕方がなかった。

劣等生時代と違って、今のヒデキには夢がある。そして、勉強を頑張ることでその夢を日本ではかなえられる。

アメリカの大学は学費が高いが、日本は貧乏な家の人間でも、国立大学の医学部に入ると医者になれる。

国立大学の授業料は、月1万円もかからない。私立のなかでは安いとされる灘の授業料よりも安い。ちなみに、灘はマサキの通っている学校の半額程度の授業料だった。

ただ、「変人」だと自他ともに認めるヒデキには、こんな共通一次試験でも助監督の面接入試よりまだましに思えた。実際、苦手の国語もトレーニングで解けそうなレベルだし、社会の暗記ものも時間をかけたら間に合う。

これで本当に賢い連中がミスをして足切りに引っかかってくれれば、理Ⅲに合格できる確率はむしろ上がると考えられる。

やれるところまでやって頑張るしかない。

共通一次試験の一期生となるヒデキは、そう決意した。

ヒデキは6月半ばで数Ⅱまでの赤チャートの解法暗記を終えた。そしてさらに、学校でもまだ途中までしか習っていない数Ⅲの解法暗記に、青チャートと大学への数学シリーズ『解法の探求』を使って取り掛かった。

やってみると、微分方程式などの解法パターンを身につけると、数Ⅲのほうが数Ⅰや数Ⅱと比べてひねった問題が少ないのでやりやすい。

『解法の探求』は、雑誌『大学への数学』の臨時増刊号のかたちで出される。この雑誌に掲載されている問題は、暗記数学で数学ができるようになったヒデキには思いつかないような「難解な数学の問題をエレガントな解法で解く」形式となっていた。

なかでも、毎号出題される難問「学力コンテスト」は、全国でも解ける生徒は10人もいない。

もちろん、ヒデキもまったく歯が立たなかったのだが、灘には高2ですでにこれを解いてしまう猛者がひとりいた。

ニシサワだ。みんなにノートを貸してしまうので手元にノートがあったことがないのに、中1の途中から常にトップの成績であるため、「ニシサワ先生」と呼ばれていた。

本人は大学で天文学を学びたがっていた。しかし、周囲から「理Ⅲに行け」と圧力をかけられたことで、へそを曲げて文系クラスに進んだ。

灘のいいところは、そういう本物の天才もいる一方で、どう見てもアホなやつが東大に合格するところだ。今春も理Ⅲには14人も受かったらしいが、すごい秀才でなくても受かるとは聞いている。

三バカで東大に受かった先輩はいなかったが、ウラタさんはなんと現役で一橋大学に合格した。もっともモリヤマさんは慶應さえ受からなかったらしいが。

高2のこの年から、ヒデキは大幅にライフスタイルを変えた。

学校から帰ってからの昼寝は相変わらずだが、昼寝から起きるとペーパーフィルターでコーヒーを淹れ、数学の問題の解法暗記や、英語の問題集を解くことに時間を充てていた。その際、深夜放送を聴きながらだと、解答の筋道が追えないので、ラジオは聴かないことにした。真面目に解法をノートに書き写していくときちんと覚えられた。

中間試験や期末試験の一夜漬けのときも、このやり方を使っていた。学校の試験対策で秀才のノートを覚えるのも同じようにやった。

「医者になるためにも、映画監督になるためにも、我慢は必要や」

ヒデキは深夜放送断ちを決断した。中学受験の際も、好きなテレビ番組がなかったこともあって、あまり我慢をした記憶がないヒデキにとって、初の禁欲生活である。

といいながら、火曜深夜の林美雄《よしお》の『パックインミュージック』はときどき聴いていた。

「思い出さえも〜〜残しはしない
私の夏は〜〜明日も続く」

この番組では石川セリの『八月の濡れた砂』はしょっちゅう流される。

日活がロマンポルノ一色になる直前の藤田敏八監督の名作のテーマ曲だが、不思議な哀愁があって、ラジオを聴きながらヒデキが口ずさむ数少ない曲だ。

ヒデキにとって「思い出さえも残りはしない」というのは、むしろ劣等生時代の思い出を消し去って、私の夏を続けるという意味だったのだが、「ミドリブタ!」の声掛けから始まるリスナーの悩みに丁寧に答える林美雄氏の温かさに、ヒデキも力づけられた。

この番組で初披露されたタモリの四か国語麻雀は衝撃だったが、それ以上にヒデキを惹きつけたのは、局アナとは思えないマイナー映画通ぶりだった。ロマンポルノのすばらしさを教えてくれたのも、このミドリブタ氏だった。ヒデキにとっては、『プレイガイドジャーナル』と並ぶ映画教室だったのだ。

「映画監督になるための勉強みたいなもんや」

自分を正当化しようとそう言い聞かせていた。おすぎとピーコという不思議な映画評論家に出会ったのもこの『火曜パック』だ。そして、木曜日の「ナチチャコパック」と、金曜日の『鶴瓶のミッドナイト東海』も月2回だけにすると自分を律した。これでもヒデキにとって、立派な禁欲である。

深夜放送を辞めて、勉強に打ち込むと一日5時間くらいは勉強できる。これは部活を辞めて、その分勉強に打ち込み、逆転合格する体育会系の学生に似ているのかもしれない。

この生活の変化でヒデキはあることに気がついた。今まで自分が勉強ができないのは、遺伝のせいだと思っていたが、そうではなかった。「ながら勉強」のせいだということに遅ればせながら気がついたのである。

ナチチャコパックでは、早稲田への熱烈な憧憬を放出させ続けた「早稲田の星」と名乗る投稿王が、ついに早稲田をあきらめ、立教に入って「セントポールスター」を名乗りだした。

「僕はそんな風になるわけにはいかんのや」と後ろ髪をひかれながら、ナチチャコパックを切った。

確かに深夜放送を切って、シーンとした真夜中の中で一人勉強していると、ものすごい寂寞《せきばく》感が押し寄せてくる。

でも、ヒデキは負けないで、英文を読み続けた。

現代英文の問題集は『TIME』からの抜粋などハイレベルなものだが、この日の文章は、日本の学歴社会をmeritocracyと呼ぶものだった、ヨーロッパのaristocracy（貴族社会）、アメリカのplutocracy（金権社会）に対して、日本は学歴で社会の権力者が決まるという話であるが、決して好意的なものではなく、子ども時代から熾烈《しれつ》な競争が強いられるという欧米人らしい指摘だった。

ただ、ヒデキは、学歴社会をmeritocracyと呼ぶことを知って、ちょっと大人になった気がした。aristocracyなら一般の受験生でも知っているかもしれないが、meritocracyは知らないだろう。

深夜放送にない形で、シーンと静まった深夜に知的な大人になっていく自分にちょっと酔いながら、自分で淹れたブラックコーヒーを飲んで悦にいっていたのだ。

深夜放送をおおむね卒業したヒデキは、『プレイガイドジャーナル』を始め、マイナー雑誌を通じて、若者としてのアイデンティティを保とうとする。

『ウイークエンドスーパー』も好んで読んだ。版元のセルフ出版は、荒木経惟《のぶよし》が「劇写」と称する刺激の強いエロ写真を載せた、文化的エロ本『月刊ニューセルフ』を発刊して話題になっていた。

ただし、3号続けて発売禁止になっていたこともあり、この雑誌はそうそう手に入らなかった。

すると、『ウイークエンドスーパー』はリニューアルされ、多少マイルドなかたちで発刊された。ヒデキはそれを駅前のナカソネ書店で見つけた。

写真のエロさといい、歯切れのいいエッセイの数々といい、その雑誌はヒデキをワクワクさせた。

このとき、深夜放送より活字メディアのほうがレベルは高いとヒデキは確信した。

同じ頃、ヒデキは映画館通いに土日を使わなくなった。

受験勉強をするために、とても貴重な時間だからだ。

灘が授業の出席を取らないことにつけこみ、ヒデキは週に一、二回、2時間目の後にフケて映画を観にいくことを覚えた。ただ、近場の映画館では、上映されるのは名画1本だけだ。しかもATGの映画が外されることが多く、ヒデキには少々物足りなかった。

そこである日、思い余って、『プレイガイドジャーナル』を頼りに、京都の京一会館という映画館に遠征することにした。

ここはとにかく遠い。阪急の四条河原町からバスに乗り、さらに京福電鉄に乗ってやっとたどり着く。

受験生にもかかわらず、ヒデキはそれができる幸せを楽しんだ。

その代わり、行き帰りの電車では、単語集やお手製の京大式カードで集中して勉強をした。映画を観る時間以外は、一秒たりとも時間を無駄にしてはいけないのだ。

映画を観るようになってから、単語帳や京大式カードをひたすら繰り返したことで、ヒデキの成績はどんどん上がっていった。

ちなみにこの時期、ヒデキが奮発してロードショーを見に行った映画がひとつだけある。時代劇や任俠物の巨匠加藤泰監督による『江戸川乱歩の陰獣』だ。

雑誌『映画芸術』巻頭のモノクロのグラビアには、美人女優香山美子が裸で縛られている扇情的な写真が掲載されていた。モノクロヌードで興奮したのはヒデキにとって初めての体験だった。

内容もあおい輝彦が香山美子を問い詰めるシーンが本当にエロかった。ロマンポルノや東映ポルノを見慣れているヒデキでも、興奮が止まらなかった。香山美子が乳首を立ててあえぐシーンでは周りに観客がいるにもかかわらず、ついにヒデキは射精してしまったくらいである。やはりエロスを追求する以上は観客を興奮させなくてはいけないと、妙な納得の仕方をした。映画が終わると急いでトイレに入って、自分の出したモノを慌てて拭き取った。

選挙と数Ⅱまでのチャート式を終えた6月半ばに、ヒデキは面白い試験を受けた。

大手予備校の河合塾が、東大入試とまったく同じ形式で東大受験生専用の模試をやるというのだ。しかも学校とつるんでいるのか、会場は灘校だという。

東大オープンと呼ばれるその模試は、名古屋の予備校である河合塾が東京進出を機に、3年前から塾生対象に始めていたものを一般の受験生に門戸を広げたものだった。記念すべき東大型模試の実質的な第一回（ヒデキは、第一回だとその時点では信じていた）を高2でありながら高3や浪人生に交じって受験できることは、確かに貴重な体験である。

ヒデキは、この模試を受けることで、暗記数学が東大レベルの問題に役立つのかどうかの試金石にしたかった。

実際、暗記数学では、『大学への数学』の「学力コンテスト」はさっぱり解けないし、Z会の最難関コースの数学も、得意分野以外は解けなかった。

一般の模試では、このやり方でうまくいっても、東大の入試問題が解けなければ、東大には合格できない。そうなると、もう少し標準レベルの問題を出す東京医科歯科大学に志望校を変えるなど、戦術の練り直しを考えないといけなくなる。

ヒデキはかなり緊張してこの模試を受けた。

数学は6問のうち、まったく歯が立たなかったのは1問だけだった。

残りの問題は、ある程度方針が立った。

将棋の棋士が膨大な棋譜を覚えていると、その盤面で使えそうな手を思いつくのと同じように、2000問以上の数学の解法を覚えてきた甲斐あって、どの問題も、ある程度使えそうな解法パターンが浮かんできた。一つ目のやり方でダメなら、別に思いついた解法パターンで解き直すのだ。

やり方さえ思いつかないような難問を1問捨てれば、残りの5問に150分かけられる。将棋の長考のようにいろいろなパターンを試せる時間が長ければ、それだけ問題が解ける確率が高くなるのだ。

結果的に3問完答、2問半答であった。120点満点で75点は取れたはずだ。

暗記数学には確かな手応えを感じた。

他の教科においても、化学については、独学で化学Ⅱの範囲を始めていた。

灘校では、化学は『重要問題集』という問題集を使っていた。しかし、学校の出す宿題は、答えのみがあるだけで解法が書かれていない。そこは自分で解けというのが宿題の基本パターンである。

ヒデキも、化学は得意だった分、学校から与えられた問題集を解いていた。できたからやったというのが真相だ。

ただ、まだやっていない化学Ⅱの分野に関しては、バリバリと重要問題集を解く自信はなかった。

数学と同じように『チャート式』をやろうかと思ったがテキストがやたらに厚い。すると、紀伊國屋書店で『徹底整理』という問題集を見つけた。おおむね『重要問題集』と似たような問題がでているのだが、チャート式と同じ数研出版が出しているだけあって、解答が詳しい。

「これや！」

確かにこれは使えた。暗記化学についても、この東大オープンでも手ごたえを感じることができた。

1か月ほどして結果が返ってきた。数学76点はほぼヒデキの読み通りだった。物理は40点満点中8点しか取れなかったが、化学は80点満点中65点も取れた。英語も手ごわかった。いきなり英文を200字で要約せよという、東大ならではの出題がそっくり出されていた。英作文も難問だった。高2の段階で120点満点で71点なら健闘といえるが、まだまだブラッシュアップしないといけない。

そして、問題の国語は、80点満点で12点。少々勉強したとしても、できるようになる気がまったくしなかった。

合計は、440点満点で232点だった。順位は理系で800番くらいだったが、高2で理ⅠがA判定なら喜ぶべきだ。しかも半年前の高1の終わり頃は、東大はちょっと無理だろうという校内順位にいたのだからなおさらである。

国語の伸びは期待できないが、漢文だけは努力すればできるようになるかもしれないのでプラス10点が見込める。80点満点で22点取れれば上出来だろう。

数学はもう少しハイレベルな問題を暗記していけばプラス15点。

英語は英作文と英文解釈を重点的に伸ばしてプラス20点。

物理ができるようになれば化学のブラッシュアップを含めて、理科でプラス30点。

これで合計307点。この通りにいかない科目があっても、290点あれば理Ⅲには合格できる。

何より暗記数学が東大入試でも使えそうだとわかったことは大きかった。

あと1年半で60点伸ばせばいいのだ。そう考えると、残りの受験生活はずっと楽になった。

東大オープンは、ヒデキの不安をぬぐいさるどころか希望を与えてくれるものであった。

440点満点中290点取れれば理Ⅲに合格できるということを明確に意識できたのは大きかった。

ヒデキは、この11月に行われる2回目の東大オープンに照準を合わせた。東大オープンであれ、2か月に一度解く赤本であれ、「どこまではできているのか」「何をやればいいのか」ということがわかるのは、とてもいい指標になっていた。

あとで考えてみたら、運転免許の試験だって、法令集を一生懸命覚える人はまずいないだろう。過去問をやって出る形の練習をするのがセオリーだ。

しかし、高校生や浪人生の段階でその発想をする人はいない。東大の過去問をやって、合計点で、合格ラインに達すれば、合格できる。それに合わせて勉強すればいい。

最後に力試しに使うのでなく、勉強の指針を立てるために赤本を使う。その方向性を自覚させてくれたのが、東大オープンだったのだ。

共通一次試験により、国立はどうせ東大しか受けられないのなら、それ以外の勉強をやる必要はない。

そのことを念頭に置き、高2の夏休みはまったく伸びない国語と物理にも多少取り組んだ。

古文は『古文研究法』『試験にでる古文単語』を、物理は『物理のエッセンス』を、集中して勉強した。苦手な英作文に関しては、駿台受験叢書《そうしょ》から出ている『基本英文700選』を全部覚えた。

それなのに、夏休み終わりに東大の過去問をやってみると、自己採点でも250点くらいしか取れていなかった。東大オープンのほうが、実際の過去問より問題が難しいと言われているので、ほとんど伸びていないといっていい。

苦手科目を克服することは、自分が思っている以上に難しい。

しかし、ここでもヒデキの開き直りは早かった。苦手科目を伸ばせないのなら、得意科目でもっと点を取れるようにすればいい。

チャート式を用いた暗記数学だと、80点が目標の限度だろう。

そこで、もっと難しい問題に、暗記数学の手法でアプローチしていけば、満点は取れなくても6問中5問は取れるようになるのではないか。

こうして、ヒデキは、これまで敬遠していた『大学への数学』シリーズに手をつけることにした。およそ暗記数学とは対極をなす問題集なのだが、奇問難問であっても、解答は必ずある。「奇問」というのも、「見たことがある」「やったことがある」と思えるようになった時点で、奇問ではなくなる。そして、ヒデキ自身も解答を読めば、おおむねその論理がつかめるレベルにはなっている。

実際、数Ⅲの範囲は『解法の探求』の解法暗記でできるようになっていた。ヒデキは、自分にそう言い聞かせて、『新作問題演習』にチャレンジした。

すると、暗記数学の甲斐あって、半分くらいの問題をなんとか自力で解けた。残りの半分については、10分考えてもやり方が浮かばない場合は、すぐに答えを見た。すると、ヒデキが予想しなかったようなエレガントな解き方が示されている。全然解けない問題も、模範解答を読むと理解できた。

「これを覚えきったら、東大の難問でも解けるようになるで！」

この勢いで、英語も磨きをかけたかった。

東大入試の英語には、重厚な英文解釈の問題は出ない。どちらかと言うと英字新聞を読めるかどうかを問うような問題が出る。

神戸の映画館の帰り、ジュンク堂書店で『時事英文解釈研究』というユニークな参考書を見つけた。さらに松本道弘の『日米口語辞典』も見つけた。こちらは文例が豊富で、読み物として英語の語感をつかむのにちょうどいい。

さらに苦手の英作文では、留学の試験に合格して出国直前のナガタヒトシに勧められた『和文英訳の修業』をやることにした。『700選』で覚えた700の標準的な英文をどう使えばいいかが理屈でわかる。

なんとなく、言いたいことを英語で表現できるようになった気がしてきた。

2か月後にもう一度「赤本」にチャレンジすると、自己採点でも270点取れた。数学では手がつけられない問題が1問あったものの、90点取れたのは大きい。

ただ、たまたま自分に合っている出題があったという部分を多少差し引いて、260点程度の学力とみていいだろう。あと30点の伸びしろは、はたしてあるのか。

数学は、難問でも暗記でいける。化学もこのやり方で大丈夫だろう。

国語はすでに諦めているヒデキには、物理の打開だけが懸案だった。

ヒデキが順調に成績を上げていっている最中も、マスコミの受験批判は厳しく続いていた。

当初は、学歴で将来が決まるという学歴社会の批判だったのだが、そのせいで高校生の人間性がゆがめられるという論調が強まっている。ついでに学校群制度で日比谷高校を叩きのめした時のように「一部のエリート校」の存在もやり玉にあげられる。

共通一次試験はその産物ともいえる。「易しい」「差のつかない」問題で、地方の公立校の生徒たちにも東大や医学部合格のチャンスを与えるというものだからだ。

導入の目標として「入試地獄」を緩和するとも明記されている。

どんな問題が出るか灘校生はみんな不安がった。

難問は得意だが、易しい問題でミスをしないとは限らないからだ。

ヒデキのほうは開き直って、赤本を使いながら、東大の二次試験の対策を先にして共通一次は傾向がわかってから後で対策するという戦略をとった。

ヒデキが高校2年生を終えようとするこの年の12月に試行テストがなされ、文部省や国立大学協会が定めた試験の方向性がわかると、雨後のタケノコのように様々な対策問題集が出版された。

それらは予想通りともいえるが、拍子抜けするくらい易しかった。

数学は当たり前に満点、英語も9割どころか9割5分、苦手の国語でも7割は取れた。さらに多肢選択問題なので、ある程度練習によって傾向が読めてくる。あっという間に国語も8割5分まで取れるようになった。

東大国語の難解な入試問題と、何十万人が受けても誰からも文句を言われないようなはっきりとした答えの並ぶ多肢選択の問題では、そもそものレベルがまったく違う。苦手の物理も、このレベルなら解ける。

そこで、ヒデキはふと思った。

確かに標準的で易しい問題だが、対策には、問題集を何年分もやらないといけない。そうしないと思わぬマークミスが出るし、ひっかけ問題ではひっかかってしまう。やはりこれも試験なので、学校の勉強だけやっていたのでは対応できない。

だが、５教科７科目の問題を何年分もやるには、かなりの時間を要する。

灘のように高２で高３までの勉強が終わっている学校の生徒だからこそ、その対策はできる。文系なら共通一次の理科対策、理系なら社会科対策に時間が取れる。だが高３いっぱいかけて高校のカリキュラムを終える一般の公立高校の連中にはその時間がない。

「私立の中高一貫校と公立高校の格差をなくすために始めた試験が、結果的にはその格差を拡大するだけやろ」

アホな大学教授や文部官僚のおかげで、地方の公立の秀才のなかから出て来るライバルが減るので、かえって得になる気がした。

ちょうどこの頃、11月に行われた２回目の東大オープンの成績が返ってきたのだが、結果は２６５点。順位は高３や浪人生を合わせて２５０番まで上がった。

数学も英語もかなりできるようになっていた。理Ⅲに受かるには、物理が伸びるかだけがカギだが、何か方法はあるはずだとヒデキはあくまで楽天的だった。

翌年の1月には、同学年の生徒を対象にした共通一次試験用の全国模試が行われた。理科と社会がないという変則的なものだったが、公立の生徒がまだカリキュラムを終えていないことに配慮したのだろう。

数学200点、英語192点、苦手なはずの国語も165点。全国順位で67番だった。易しい問題でミスをしないのは、中学受験の頃に身につけたヒデキの大事な能力だ。これなら理Ⅲの足切りもそんなに高くならないかもしれない。順位を見てヒデキはそう思った。

夢もなく、成績もさえない1年前のヒデキとは明らかに違っていた。勉強が好きなわけではないが、試験で高得点を取るのは楽しい。攻略法を考えゲーム感覚で受験が楽しめる自分の性格が、受験勉強に向いていたのは本当にありがたいことだ。

受験秀才を批判する際に、ストレスとしての側面以外に、人間性がいびつになるという意見がある。高校生のうちに他人を蹴落とすようなことばかりやっていると、健全な友人関係が築けないし、他者への共感能力が養われないというふうにも言われている。

少なくとも、灘では、そんな意見はまったくの嘘である。

合計点で理Ⅲなら290点、文Iなら250点取ればいいのであれば、他人を蹴落とす必要がない。むしろ助け合ったほうが、お互いの点が上がる。

「灘高生は友達が自殺すると赤飯を炊いて喜ぶ」という都市伝説が出回ったこともあったが、これも真っ赤な嘘だ。当時の灘は「東大合格者数日本一」を守らなければならない気風で溢《あふ》れていた。

勉強に疲れて、「俺もう東大目指すの諦めるわ」という生徒がいれば「これまでやってきたんやからもったいないないで」「一緒に勉強しようや」と言って励ます雰囲気があった。

高2までは、仲間外れやいじめまがいのことが目立ったが、受験が近づくにつれ、みんながむしろ助け合うようになるのだ。金やコバから絡まれることもほぼなくなっていた。

わからないところがあれば教え合い、それが人から人へと広まっていく。特に地歴部では、成績があがったヒデキに勉強方法を聞いてくるやつが何人もいたので、ヒデキもできるだけそれに応えた。ただ、理系志望はイケヤマとワタダくらいで、そのほかは文系志望なので、気持ちの支え合いにはなるが、有益な受験情報源とはならない。

「俺も苦手な物理より英語伸ばそうかな」

ヒデキ同様に物理が不得意なイケヤマも高2の段階で理Iのa判定を取っている。

「ヤダ、古文の参考書ならあれがいいで」

勧められたのは、なんとカツヤマ校長が書いた『試験にでる古文・漢文』だった。コンパクトに大事なところがまとめてあるのだが、思ったほど理解は進まなかった。

しかし、イケヤマは自分の成績がそれであがったので親切に教えてくれたのである。悪いと思ったヒデキも化学の『徹底整理』を勧めるというようなギブアンドテイクをするようになった。まさに「情けは人のためならず」を実体験として知るのだ。

「ヤダ君、だいぶ成績が調子良さそうだね」

コウとは選挙以来、あまり話していなかったが、それでも通学で一緒になることは多かった。

「コウも東大目指すんか？」

「うん、目指してはいるけど、受験のために知識を詰め込むような勉強をすることが不得意だからどうだろうね」

コウは相変わらず孤高の人だった。将棋同好会の仲間以外と会話もあまりせず、十分に情報を得られていなかった。

「なんか力になれることがあれば言ってや」

「ありがとう」

ヒデキはできればコウと同じ大学にいきたいと思っていた。

コウも知っていたように、ヒデキの成績の急上昇っぷりは、灘ではけっこう話題になっていた。

地歴部以外のこれまで話をしたことがないような同級生からも「どんな勉強してるん？」と聞かれた。ある休み時間にはクラスの半分ものやつがヒデキの机の周りを取り巻いた。

「数学は暗記やで」

もちろん、本当のことを伝えた。

その取り巻きのなかにカツタがいることもあった。そのときばかりはどうしても自分のテクニックを教えようという気分にならなかったので、逃げるように地歴部の部室に向かった。

こうして、受験勉強を一生懸命やるうちに、深夜放送ばかり聴いてきた引きこもりのヒデキにも友達が増えた。

そして、物理に苦しむヒデキに、意外なところから、朗報が舞い込んできた。

高校から入ってきて、イマイチ成績が伸びない理Ⅲ志望のフジヤマというやつがいる。

高1の修学旅行のときに「オンナ、オンナ」と叫んで布団を抱いて寝て、その声がうるさいので顰蹙《ひんしゅく》を買っていた。

毎日2回もマスをかくと豪語する無類のスケベ男だ。ヒデキもスケベなので、気が合った。それに新高1にもこんなアホがいるということが、ヒデキの救いになっていた。その一方で、こいつの成績が伸びないのは、「マスのかきすぎやろ」と思っていた。

しかし、そのフジヤマが「大阪のＹＭＣＡに服部という物理のすごい先生がいる。その授業を聞けば物理が一発でわかるようになるで」と言うのだ。

ヒデキは、一も二もなく、「医学部物理」と称するその講習を受けに行った。

服部氏の授業は絶妙だった。

いわゆる難問を出す。そして、「アホな人はこう解きます」とダメな解答例をまずあげて、場の雰囲気を盛り上げる。そののちに、見事な解法を披露する。
二、三回通ううちにヒデキには、雷に打たれたような衝撃が走った。力学で、摩擦力や垂直抗力など、いろいろな力に名前がつけられているけれど、問題を解くうえでは意味がない。要するに、物体というのは、接しているものと場からしか力を受けないということに気づいたのだ。

それに気づいてからは、多少の難問でも解けるようになった。できない問題でも、解答の筋道くらいはわかるようになった。

そして、梅田の紀伊國屋書店で見つけた服部先生の著書『難問題の系統とその解き方』には、解法がきわめてロジカルでわかりやすく書かれていた。

これを覚えていけば、苦手な物理もできるようになる。だったら、国語は今のままでいい。

「これで、高3になる来年もたっぷり映画が観られそうや」

ヒデキはほくそ笑んだ。

第十一章
ヒデキ、どう生きる？

ヒデキは、自分の医学部進学の選択が間違いでなかったことを日に日に感じていた。

エロス大作がこけ、大幅な債務超過が明らかになった日活は助監督試験の中止を発表した。ヒデキが高2の1月のときに行われた助監督試験が最後であった。

そして、ヒデキが高3になった4月。一本の映画が公開される。大森一樹監督の『オレンジロード急行』だ。

大森は芦屋の開業医の息子で、京都府立医大の学生。脚本家の登竜門といわれる城戸賞を受賞した同作品を自ら監督し、松竹のロードショー作品として発表したのだ。

彼がこのまま商業映画の監督を続けるかどうかはわからないが、ヒデキだって医者になってお金を作れば映画を作り続けることはできるだろう。

「これしか映画を撮る道はないわ。やはり僕の読みは正しかったんや」

医学生になる道も現実化しつつある。

大の苦手だった物理も、ヒデキの期待通り、『難問題の系統とその解き方』の解法暗記によって、飛躍的に伸びた。このときにヒデキが感じたのは、解法暗記というのは、難問のほうが威力を発揮するということだ。

確かに、見たことのないような問題には解法暗記は使えない。しかし解答を読むと、難問であっても「どのように式を展開すればよいのか」「公式や定理をどのように組み合わせていけばよいのか」「これまで覚えた解法をどのように応用すればよいのか」といったことがつかめるようになる。

もちろん、解答を読んでもチンプンカンプンの場合には、それは使えない。しかし、解答を読めばわかるレベルになった今では、それができるのだ。

将棋にしても、駒の進め方だけ知っていても、棋譜を覚えていなければ有段者には勝てない。それと同じだ。公式や定理だけ習って、解法パターンを覚えないで数学や物理の難問を解くというのは、天才レベルの人だけの話だ。

そして、年に90人も合格する理Ⅲなら、天才でなくても解法パターンの暗記だけで十分対応できる。それを無理に自力で解こうとするから天才以外は脱落するのだ。

受験というのは、賢いやつが受かってバカが落ちる。

「賢いやつ」というのは自力で問題が解けるやつのことではなく、それができなくても割り切って、どうやったら受かるかの答えを見つけることのできる人間を言うのだろう。

逆に「バカ」というのは、もともとは多少勉強ができても自力で問題を解くことにこだわって、ちっとも点が伸びるようにならない人間を言うのではないか。

ヒデキは、再び自分が天才だと思えるくらいに成績が急上昇したのは、「暗記数学」「暗記物理」の賜物《たまもの》だと思った。

点を取るだけなら、覚えれば済む。それなのに、しょうもないプライドを持ったり、教師の言いなりになったりして、自分の頭だけで解くことにこだわるからいつまでたってもできるようにならないのだ。


勉強は、真面目にやらないと成績は上がらない。それだけでなく、点の取れる、要領のいいやり方でやらないと、成績は上がらない。

現にヒデキだって物理の成績が伸びないうちは、自分で解こうとして墓穴を掘っていた。だから、真面目になってからも成績が伸びなかった。やはり「受験は要領」なのである。

そういう点では、できない科目を捨てるのもひとつの手だ。古文や詩の鑑賞のような国語では解法暗記は通じない。やってもできないものをやるのは時間の無駄なので、ヒデキはこちらはすっぱり諦めた。

厳しく見積もっても数学で90点、理科で100点、英語で85点だと275点は取れる。そうすると国語で15点取れれば、理Ⅲ合格のボーダーラインである290点をクリアする。上位の成績での合格は望めないが、多小コンディションが悪くてもこれなら取れそうだ。

思いがけず、高3の5月の段階で、ヒデキは理Ⅲ合格の目途が立ってしまった。

もちろん、ヒデキの成績急上昇を面白くなく思った人間は少なからずいたようだ。成績の急上昇と、映画を観るために学校をフケていた時期が重なったため、「ヤダは学校をさぼって受験勉強をしている」と噂が立った。

受験情報のギブアンドテイクや精神的な助け合いをする一方、受験はみんなで受かるもので、一人だけ学校をサボって受験勉強をするのは反則だという不文律があった。だから、受験の年でもまじめに学校にくるのだが、その掟を破ったという烙印《らくいん》を押されたのだ。

「あれ、お前の天敵のしわざやで」

イケヤマが言うにはどうやらそれはカツタが流したらしい。

その噂が影響してか、高3になったときにヒデキは級長にさせられてしまったのだ。選挙ではどうしても生徒会長になりたくて、立候補しては落ち続けていたヒデキが、立候補したわけでもないのに級長になった。級長になれば「号令をかけなければならないので授業をさぼれない」という単純な理由のために。皮肉なものだった。

ただ、高3になったヒデキは、今や授業をさぼらなくても、映画を土日に回す余裕があった。そのため、なにも負担にならなかった。

「カツタ、ザマーミロ」

ヒデキは心のなかでそうつぶやいた。

6月にちょっとした異変があった。

「河合塾の東大オープンをボイコットしようぜ」

東京出身のケイジロウが、この年教駒から改称した筑駒にいる中学受験塾時代の同級生からこう電話を受けたのだ。

河合塾は名古屋から東京に進出し、東大特進コースを作った。その宣伝用に打ち出した駿台の東大模試とそっくりの模試を広めようと、東大合格者数の多い学校にすり寄り、いくつかの進学校で東大入試オープンを行っていた。

灘の試験会場は灘校だった。わざわざ遠くに受けに行かなくていいので多くの生徒が受けることになっていた。状況は筑駒も同じようだ。そこに、筑駒に通うケイジロウの塾時代の同級生はピンと来たようだ。「河合塾が教師たちを買収したに違いない」と。

真実かどうかは確かめようがないが、自分たちが河合塾や教師連中に利用されるのはしゃくだ。

「同じ日にある駿台の東大模試を受けようぜ」

そうすると、駿台大阪校に行かないといけないが、そこで駿台の優秀な浪人生との対決もできる。このケイジロウの呼びかけに灘の秀才たちはこぞって応じた。

「とうとうやったで!」

そして、その東大模試でヒデキは、念願の理ⅢA判定を勝ち取ったのだ。

全国の理系で32位、灘で4位という成績だった。なにより嬉しかったのは２９２点取れたことだ。数学85点、理科96点、英語83点、国語28点。

国語の28点は、嬉しい誤算だった。内容を見ると、漢文と漢字は確実にできるようになってきている。数学は1問まったく歯が立たない難問があったが、もう1問は小問を落としてもったいないことをした。理科はもう5点欲しかった。

ただ、国語があと10点低くてもA判定の基準には達している。

「本番の東大入試より難しい問題らしいわ」

ヤスモトがそう言っていたので、本番で２９０点取るのはおおむね読める成績だった。

「さすがヤダだな。いい情報あったら俺にも回してくれよ」

ケイジロウは、呼びかけに応えたヒデキに感謝を示した。

「もちろん。僕にも頼むで」

ケイジロウは情報収集に熱心だが、勉強の詰めが甘いようだ。成績が伸び悩んでいた。それでも、ケイジロウの情報をもとに成績があがる生徒が多いので、人気者になっていた。

ヒデキはすでに東大に入ってからの展望を考え始めていた。といっても、「映画監督になるために映画研究会に入る」「バイトをしまくって16ミリの映画を撮る」というような具合だ。

とにかく東大には受かりさえすればいいので、もっといい成績を取ろうという気はハナから持ち合わせていなかった。本物の天才に勝てないことがわかっていたからだろう。

同級生には、ニシサワ先生の他に忘れてはならないもうひとりの「天才」がいた。サワイだ。サワイは、まさに記憶の達人だった。世界史でも日本史でも古文でも教科書を短時間で丸暗記してしまう。数学もそうだ。だから、定期試験ではいつも1番なのだが、『大学への数学』の「学力コンテスト」の問題はそんなに解けない。暗記だけで点を取ってきたので、模試には弱いだろうと予想されていた。だが、そんなことはまったくなく、常に1位、2位を争っていた。

とにかくサワイは「頭がいい」オーラがすごい。こんなやつに勝てるはずもないので、ヒデキとしては確実に290点取れればいいと開き直るしかなかった。

ところが灘には開き直れないやつもいる。ヒデキと同じくエロ本狂いのフジヤマである。ヒデキは曲がりなりにも文化の匂いのするマイナーエロ本が好きだったが、フジヤマはアイドルポルノ女優のピンアップ満載の『映画の友』のファンだった。

「ヤダ、俺受かるまでエロ本を全部紐《ひも》でしばったんや」

フジヤマも受験勉強に本格的に取り組むにあたり、エロ本とオナニーからは卒業した。その代わり、模試や中間期末試験のたびに1000円ランチを賭けてサワイに挑んでいた。成績は学年で100番に近いのだからまさに無謀である。

結果は卒業するまで40連敗だった。それでも、強いものに挑み続けることでフジヤマの成績は確かに伸びていった。最終的に理Ⅲの C 判定にまでこぎつけた。合格可能性に換算すると40～60％といったところだ。フジヤマなりの成績を上げるテクニックだったのかもしれない。

そういった同級生がいるなか、ヒデキのポリシーは「映画をよりたくさん観るために最小限の努力で理Ⅲ合格を勝ち取る」だった。やはり変人なのだろう。

フジヤマはついに禁欲に踏み切ったが、ヒデキは紛れもなくスケベだった。

実を言うと、観に行く映画を選ぶ当初の基準は「有名女優が脱いでいるかどうか」だった。深夜放送を聴くのをやめた代わり、オナニーが日課となっていた。

『平凡パンチ』や『プレイボーイ』で自分の知っている女優やタレントがヌードになると必ず切り取って母親にばれないようにファイルした。特に関根恵子の『朝やけの詩』のスチール写真はヒデキのお気に入りで、何度「お世話になった」かわからない。

ただし、灘でオナニーの話は絶対に禁句だった。

その話をしたせいで、フジヤマは「オナヤマ」と呼ばれるようになってしまったのだから。

高校生でオナニーをしないやつはいない。しかし、これだけ開放的な学校であっても、スケベ話は相手を選ばないといけない。

そして、ヒデキはこの時期にはすでにロマンポルノも東映ポルノもピンク映画もかなりの本数を観ていたのだが、もちろんセックスはしたことがなかった。それどころか、女性とキスはおろか、手をつないだことすらない。

会話も高2の文化祭の展示を見に来た真面目な女子学生に「メディチ家というのは」と展示の解説をしただけで、それ以来、話した記憶がない。

男子校であり、姉も妹もおらず、伯父の娘たちとも疎遠になり、母親以外に周囲に女性のいない日々を送っていた。

ただ、セックスに関しては、呪縛のような多少の抵抗がヒデキにはあった。

母親から、ある親戚のおばさんの話をさんざん聞かされていたのだ。そのおばさんは、3回も離婚し、50歳を過ぎても男なしでいられなくなった。周りの親戚から「色キチガイ」のように言われていた。

「まだあんたは大丈夫やと思うけど、東大とか医学部に行ったら、すぐにパクッとくる女がいるから気をつけんとあかんで」

この言葉をヒデキは小学生の頃から耳にタコができるほど聞かされていた。

そのため、ヒデキ自身、「セックスをした女性とは結婚させられてしまう」と真面目に信じ込んでしまっていたのだ。

灘の同学年の連中に目を向けてみると、初体験を済ませているやつらもいた。ただ、その数は10人にも満たない。そして、そのことを自慢げに話す彼らはどうみても柄の悪いやつらばかりで、阪急沿線の人間でもなかった。ヒデキの天敵である金とコバもそのなかにいた。

「高校生でセックスするなんて柄の悪いやつらや」

僻《ひが》みもあって、母の言葉を信じていたが、ガールフレンドくらいは欲しかった。

合格の目途が立っていたヒデキは、そう思い始めるとその気持ちが日に日に高ぶっていった。

そこで、高3の夏休み、ヒデキは図書館で勉強をすることにした。

ここでなら女の子と知り合えるチャンスがあるだろうし、勉強でも教えたりすれば一気に距離も近づくだろう。能天気でスケベなヒデキは神戸女学院や甲南女子のかわいい女子生徒とのデートを夢想し始めた。

女学院は、付属校ではあるものの、大学受験する人が少なくない。甲南女子も付属校だが、こちらは受験する人があまりいないので、デートに誘いやすいだろう。でも遊び人が多いと聞いている。

ただ、そのとき話題だった雑誌『ポパイ』をみてデートコースを下調べするというようなことではない。勉強を教えていたら、相手がニコニコと微笑みながら、よりかかってくるくらいの淡い想像しかヒデキにはできなかった。

夏休みが始まったばかりのある日。そんなくだらない空想がふくらみきったヒデキは、ついに図書館に向かった。自分の家の近くの図書館でなく、あえて甲南女子の生徒が来そうな本山《もとやま》の図書館を狙うことにした。

その近くの県立、つまり共学の神戸高校の女子学生もレベルが高いという噂を聞いていたのもあってだ。受験に切実な子ならばヒデキでも魅力的に映るかもしれない。いざとなったら灘のブランドに頼ろう。

ヒデキはそれほどガールフレンドが欲しかった。

図書館は朝の9時に開くということで、席を取るために少し早めに向かった。

8時半に着くと、驚いたことにすでに大行列ができている。受験生というのは、こんなにも図書館で勉強したがるものなのか。

あまりに人が多いうえに到着順に2列に並ぶので、女の子は後ろ姿でしか確認できない。ただ、よその学校の連中は図書館での勉強だというのにほとんどが制服で来ている。自分だけが私服なので、灘校生だと思ってもらえるかもしれない。それならチャンスだ。

どうにか席を確保できたヒデキが、周りを見渡すと、男女の比率は半々くらいのようだ。

そわそわしながらも自分の勉強をし、1時間ほどしてからヒデキはトイレに行った。可愛い子はいるのだろうか。このトイレまでの往復の時間は短いながらもとても重要だった。そこに全神経を集中させなくてはいけない。

館内はシーンと静まり返り、誰もが一心不乱に勉強している。公立高校の受験生というのはこんなに気合いが入っているのか。この雰囲気に飲まれ、ヒデキはすこし緊張すら覚えた。

ところが、まさかの大誤算であった。女の子は勉強に集中するあまり、まったく顔を上げない。これでは可愛いかどうかの確認もできない。試しに咳《せき》をわざとらしくしてはみるのだが、別の男子学生に睨《にら》まれたのでやめた。

男子学生の多くも、ほとんどトイレに立つことなく、弁当持参で図書館に来ていた。その弁当も数分で食べ終え、またひたすら勉強に没頭するのだ。

そして、みんな図書館が閉まる夕方6時になると、そそくさと帰る。

ヒデキにはなにもかもが信じられない一日となった。

この集中力はなんだ？　灘でも、ここまで真剣に勉強をする学生を見たことはない。

図書館で勉強すると言えば、親は喜んで昼食代として1000円くれたので、ヒデキは外食だった。そして、「ちょっと勉強を教えてあげようか」といった切っ掛けで、一緒にお昼を食べられる女の子がいるかもしれないと甘い幻想を抱いていた。

だが、この状況を見ると「このままでは、彼らに抜かれるかもしれない」という焦りが生まれてきた。ヒデキの計算では、相対順位である偏差値を上げなくても290点取れれば理Ⅲには合格できる。

でも、彼らのようにみんなが一心不乱に本受験までの間勉強していれば、それをクリアできる人間がもっと増えるかもしれない。そうすれば、今年の合格最低点は上がるかもしれない。

より高得点を求めることは諦めていたヒデキにとって、合格最低点が上がることほど厄介な問題はなかった。

仮に東大の合格者の最低点が上がらなくても、公立の連中がこんなに勉強するのなら少なくとも共通一次の平均点がかなり高くなることは十分に予想できた。新しいテストが始まるからみんなこんなに勉強しているのだろう。

そこでヒデキも、夏休みに図書館に通っている間は、共通一次試験の対策をするようにした。苦手な国語でも練習量を重ねれば、確実にスピードと成績を伸ばせることがわかっていたからだ。嫌いな社会科の暗記ものも、この静かな図書館でなら相当捗《はかど》るだろう。

共通一次試験は、30万人以上が受ける試験である。解答はどこからもいちゃもんがつかないように配慮される。苦手な国語においても、いかようにも解釈できるような詩の鑑賞問題などではなく、知識で解ける問題や、解答がひとつに絞られる問題になることはヒデキにも読めていた。

そう思って練習をしていると、ヒデキでも200点満点で160点は取れるようになっていた。あと1週間も練習すれば、180点はいくだろう。

少し余裕が出てくると、周りの学生たちがどのように勉強しているのか気になった。

ふと横の男子学生の参考書を覗いてみる。そこで、ヒデキはまた驚くこととなった。

学校の教師の教え方が悪いのか、公立高校の連中は受験が半年前にせまったこの期《ご》に及んでも共通一次の対策問題集をやるでもなく、時間をかけて参考書に愚直に取り組んでいる。できもしない数学の問題と何時間も格闘しているのだ。

さらに注意深く彼らを二、三日観察していると、その勉強のスピードがものすごく遅いことに気がついた。

数学の参考書でも一日かけて2ページくらいしか進まないなんていうのはざらだ。古文の教科書をノートに丸写しして、それを一生懸命訳している人もいた。

受験が近いというのに、問題集型の勉強をしている人間は皆無だったし、過去問を開いている学生もほぼいなかった。

「もうちょっとやり方を変えへんと受かれへんで」

シーンと静まり返った館内で思わずそう言ってやりたくなったが、みんなは自分の勉強法に疑いを持たず、必死になって勉強をしている。

これこそ勉強を長時間しているのにろくな大学に合格できない構図を生んでいるのだろう。教師が変な指導をしているせいなのか、自分で機転をきかせられないのか。

いずれにせよ、それで自分のことを勝手に頭が悪いと思うのだろうとヒデキは結論づけた。それと同時にヒデキは、灘に入れたおかげで、「受かる勉強のテクニック」を身につけることができていると、その幸運を改めてかみしめた。

そして、気の毒だが、こんなどん臭い勉強のやり方をしている連中に抜かれることは絶対にないと確信した。おそらく日本各地の秀才も似たようなことを思っているのだろう。

その瞬間に、抜かれるという不安が、抜かれないという確信に変わった。

「そろそろ図書館通いも手じまいにせな」

図書館で東大に入れる確信を深めることはできても、この状況だとガールフレンドができないことには変わりなかった。その手掛かりになるような公立の、つまり共学の男友達すらできない。

周りの勉強を見て「無駄や」とヒデキはせせら笑っているが、そのせいでこちらの女友達を作るチャンスもしぼんでいるのが悔しかった。

そんなことを考えながら、ヒデキはトイレに行こうと席を立った。すると、遠くでひとりの男が立って先にトイレに向かっていった。ヒデキは反射的にそいつから姿が見えないように再び席に着いた。呼吸が荒くなる。

カツタだ。

なぜあいつがこの図書館にいるのだろう。家も確か尼崎のほうで近くはないはずだ。そもそも灘校の生徒で図書館で勉強するやつはいない。ただ、カツタが普段と違って、やつれた表情なのが気になった。

仕方がないので、ヒデキは別のトイレに向かった。

すると、廊下でいきなり声をかけられた。

「ヤダやない？」

振り返ると丸っこい目をした色白の男だった。

「そうやけど」

「やっぱそうや！　覚えとるか？　シモタケや」

「お前、シモタケか！」

「久しぶりやな！」

「よう、俺のことわかったな」

「眼鏡してへんかったから声かけようか迷ってん」

ヒデキは、図書館ナンパに備えて、夏休み直前に、コンタクトデビューをしていたのだ。コンタクトに換え、長髪をスッキリ切ると、目が大きく、パッチリしていて、まつ毛も長いこともあって、意外にイケてると自分では思っていた。

「勉強しすぎて視力悪くなったし、眼鏡だともっと悪くなっていくので」と母親には言っていたが、「この時期に浮かれるんじゃないよ」と不審に思われていたかもしれない。

シモタケと会うのは小学校卒業以来だ。分厚い眼鏡をかけていた当時のヒデキからは髪型も変わっていたので、向こうがわかるとは思わなかった。

「昨日、お前、弟連れてきとったやろ。弟としゃべるときのあの高い声で、お前やとわかったんや」

確かにヒデキの声は高いのだが、そこは大きなお世話だ。

「そういえば、お前、灘にいったんやろ」

「そうや」

「東大も楽勝なんやろ」

「目途は立ったわ」

「ええなー。俺はテニスばっかりやってきたから浪人確実や」

「勉強は『やり方』やから、諦めんほうがええよ」

「ホンマか？　でな、ちょっと相談なんやけど」

シモタケの目がすこし輝いた。

「その『勉強のやり方』ちゅうんを、教えてやってほしいやつがいるねん。中学校のときの友達でな、そいつがどうしても東大に行きたい言うんや」

聞くと、地元の公立トップ校である神戸高校に通っていて、優等生らしい。だが、成績は神戸大学なら行けそうだが、東大は無理という。確かに神戸高校からは毎年二、三人しか東大には入っていない。それもほとんどが浪人生だ。

「そいつが何を血迷ったか、灘のやり方にかけてみたいと言うねん。そいつ灘に通っている友達はおらんようやし、俺もお前くらいしか思いつかんかったんやけど、連絡先わからんかったし。ただ、まさかここで会えるとはな」

「ええときに会《お》うたかもしれへんな。去年の今頃なら、そう自信をもったことは言えへんかったやろうけど、今は受験テクニックで成績上がったから大丈夫やと思う」

「ホンマか、よろしく頼むで」

次の日、シモタケは一人の男子学生を連れてきた。

公立高校の秀才と聞いていたが、予想と違ってにやけ顔をしたやつだ。

「アキモトといいます」

「ヤダです」

「僕も東大にいきたいんでよろしく」

灘にいるからヒデキが東大に入れると思い込んでいるようだ。昨年なら、「『僕も』、はやめてくれ」と言ったことだろう。いくら灘にいるからといって全員が東大に入るわけではないのだから。

ちょうどその頃、麻布の生徒が高校野球の地方大会の応援で「やーい、やーい、落ちこぼれ。悔しかったら東大来い」と合唱をして、マスコミで大顰蹙を買っていた。

だが、彼らだって現役で東大に入るのは卒業生の1割くらいなのだ。ヒデキは、このヤジは自嘲をこめてのものと読んでいた。それにしかめっ面をするマスコミのほうが大人げないと。

そんなことを思いながら、ここは精神的に余裕があった。

「東大に入るには、テクニックがあると僕は思う。灘にいて学んだものを、僕でわかる範囲ならお手伝いするわ」

「ホンマ、心強いわ」

聞くと、数学が伸び悩み、問題集が予定の3分の1も進んでないという。物理も苦手。英語や国語、化学は、勉強家の秀才らしく、東大も狙えるレベルくらいできるようだ。前回の東大オープンは半分近く取れたとのことだった。と言っても灘の水準からいえばまだまだであった。

「志望は理Iでええ?」

「東大ならどこでもええ」

「それなら240点あれば大丈夫や」

「240点って?」

東大を受けるのに、東大の合格ラインすら知らないことにヒデキはちょっと驚いた。

「やから、理Iの合格者の最低点や。240点取れば理Iなら合格できる。今の調子なら英語と国語と化学は半分くらい取れそうやから、数学と物理を取っていかんと」

「東大模試では、数学が1問しかできなくて、物理もお手上げやった。で、高2のときからずっとチャート式をやってるんやけど、それが全然進まへんので」

「できなかったら、すぐ答えを見たらえんやん」

「いや、それじゃできるようにならないやんか」

「そやから、その答えを覚えるんや」

「そんなんじゃ、本当の数学の力はつかないやろ？」

「灘やと、みんなやってるけど」

「えっ？　ほんま？」

「灘やと」という言葉が効いたようだ。

「いちいち、全部考えていたら、とてもやないけど、受験に間に合わんやろ」

「ホンマに灘高ではできんかったらすぐ答えを見るんか？」

「そうや、少なくとも僕はそうしてる」

こうして、彼も暗記数学の実践者になった。


夏休みが終わっても、ヒデキは図書館に週1回通い続けた。アキモトに勉強のアドバイスをするためだ。アキモトは『赤チャート』の問題を夏休み中にひたすら暗記し、9月の模試では、問題が易しかったとはいえ、9割取れたという。

「ヤダのおかげや。ホンマありがとう！」

アキモトに親切にしたことで思わぬ恩返しを受けた。

「お礼に僕にできることは何でもする」

実は、ヒデキには、この図書館通いで一人だけ気になる女の子がいた。相本久美子に似た目のくりっとした美少女で、甲南女子の制服を着ていた。

もちろん声はかけられなかった。受験のテクニックは磨いてきたが、恋愛のテクニックはまったくのど素人だ。

だが、その子がなんとアキモトの知り合い経由で紹介できるかもしれないという。

そして、この有言実行の男は、たちどころにその約束を果たそうとしてくれた。その女子生徒は、アキモトの小学校の同級生で甲南女子に行った女の子の親友だった。その友達の親が喫茶店をやっているので、そこに連れてきてくれるという。

アキモトにはいくら感謝してもし足りなかった。ただそれだけ、アキモトも受験勉強に多少は余裕がでてきたのだろう。


ヒデキはこのことで頭がいっぱいになり、その日は早めに図書館をあとにした。周囲からは気味悪がられるくらいニヤニヤしていたかもしれない。

「なにニヤニヤしてんねん」

不意に声をかけられ、ヒデキはビクッとした。その声は苦い記憶を思い起こさせるものであった。

「もうお帰りとは、ずいぶん余裕やな」

カツタだ。喫煙スペースでタバコを吸っている。

「それ、バレたらやばいやろ」

「ヤニでも入れんとやってられんやろ」

そう言うカツタの顔はこの前見かけたとき同様、疲れていた。選挙で見事な演説をしていたときから比べるとまるで覇気がない。灘でこれほどやつれた表情をしてまで必死に勉強をしているやつも稀《まれ》だった。

図書館で非効率な勉強をしている人たちとは違い、灘校生は効率よく勉強をする。秀才たちは勉強方法を知っているからだ。図書館で勉強するときも、そこまで行く往復の時間とそこで勉強して得られる成果を天秤《てんびん》にかけ、自分にとって有益かというところまで自然と計算している。

その様子を見て、ヒデキは以前にマエカワが言っていたことを思い出した。

「カツタの親って尼崎の医者のなかでだいぶ偉いらしいで。俺ですら親から『家を継げ』ってうるさく言われて参っとうのに、医師会長の息子なんてゆうたら、あいつのほうが何百倍もプレッシャーがかかっとうはずや」

ヒデキは親がエリートであるために大変なこともあるのだとこのとき知った。その点、エリートでないヒデキの親は勉強にも進路にもなにも干渉してこないので気持ち的には楽であった。

カツタが高1で生徒会長になったときも、生徒会の活動のせいで成績が落ちたことが親の怒りを買ったという。

カツタが公約を果たせなかったのは、そのせいもあるのだろう。その話を聞くと、高2で立候補をしなかったのも親の強い反対があったことが推測できた。図書館に来るのは、カツタはよっぽど家にいたくなかったからなのかもしれない。

また、ヒデキは級長として号令をかけていたので、カツタが授業にあまり出ていないことに気づいていた。ただのサボリかと思っていたのだが、この様子からすると一心不乱に受験勉強に取り組んでいたようだ。

「理Ⅲはいけそうか？」

「なんとかなるやろ」

「相変わらず気に食わん言い方やな」

「そういうお前はどうなんや」

「知るかボケ」

カツタとはこの先も会話をすることはないなと改めて感じた。

「そういえば、この前の演説よかったで」

ヒデキは一瞬、なにを言ってるかわからなかった。それにカツタが、自分にそんな言葉をかけてくること自体が信じられなかった。

「お前、身体でも悪いんか？」

今までのカツタからすると、ヒデキはそう言わずにはいられなかった。

「うっさいわボケ、俺そろそろ戻んで」

カツタがタバコの火を消す。

「お互い、受かるとええな」

カツタはそう言うと、図書館へ入っていった。ヒデキは「ああ」と小さくつぶやいた。

この日以降、図書館でカツタを見ることはなかった。

数日後、ヒデキは阪急御影《みかげ》駅近くの喫茶店の前にいた。中に入るとアキモトの友達がエプロン姿でカウンターのなかに立っていた。しかし、ヒデキが気になっていたその親友の姿は見当たらない。

「こんにちは、ヤダです」

「いらっしゃい、エミです」

舌足らずなしゃべり方をするが、私服のセンスがよい、垢抜《あかぬ》けた子だった。ヒデキはエミに会ったことがあるような気がした。

そうだ、偶然にも灘校の文化祭で会って話した子だった。ヒデキはおそるおそるそのときの話をした。

「やっぱりそうなんや！」

「ホンマびっくりやわ！　眼鏡ないほうがかっこええね」

互いにそのときのことを覚えていたおかげで、和やかな雰囲気のなか話は進んだ。

エミの話では、ヒデキが気になっている美少女はヨーコというらしい。今日は別の用ができて来られないという。ヒデキはわかりやすく肩を落としてうなだれた。

「確かにヨーコは可愛いわ」

「ちょっとだけ受験に余裕ができてきたので、つき合えたら嬉しいなと思って」

「えっ、いきなり告白するん?」

「ナンジョ(甲南女子)は付属やから、そんなに勉強は忙しくないやろ?」

「そうでもないわ、大学にあがる進級試験が厳しいねんで」

バカにされたとでも思ったのだろう。ヒデキは、女の子との会話が慣れていないこともあって、自分のつまらなさと上から目線の言い草を反省した。

マニアックな映画の話をしても受けないだろうが、そのヨーコがブランド志向の子だったら、理Ⅲに受かりそうな人ということを印象づければつき合ってくれるかなと、甘いことを考えてもいた。

1週間後、喫茶店に行ったときに、ヨーコからの答えが返ってきた。

「ヨーコ、好きな子がいるんやって」

そいつは図書館に来るシモタケの同級生だった。背が高くて、長髪も似合うが、ヒデキの主観を入れないでもハンサムのレベルではない。

いつもギャグを飛ばしているが、深夜放送ファンのヒデキからみるとそのレベルは低い。しゃべっている内容もアホそのものだった。それでもそいつのほうがヨーコには魅力的なのか。勉強ができることは、収入や将来の映画の夢の面では多少の足しにはなるが、将来の幸せを保証するものではない。そんな現実を突き付けられた。

ヒデキが落ち込んでいると、エミから思いがけない言葉を聞いた。

「でも、私、ヤダ君のこと好きよ」

おそらく店でもいろいろなお客さんに声をかけられているのだろう。その声には、自分に声をかけられたらどんな男でもイチコロという自信に満ちていた。

「男は頭のええほうがええもん」

かくして、ヒデキは青春らしき甘酸っぱさを高3の秋になって初めて味わった。

こんな時期に女性に狂えば、浪人は確実というのが定説だ。だが、多少デートをしても、点数が下がるわけではない。理Ⅲの合格最低点290点をすでに確保していたヒデキには、あまり関係のないことだった。

そういうわけで、週に一度のエミとのデートが始まった。

デートと言ってもヒデキにはお金がないのとエミの商売上手で、結局はエミの店に遅くまで残って無駄話をする程度のことであった。

その間に3杯のコーヒーを飲み1000円近く使う。手をつなぐこともなく、ましてやキスをすることもない。でも、ヒデキにとっては間違いなくデートであった。

そんなある日、エミが、「勉強を教えてほしい」と言ってきた。

「ええよ。国語はちょい苦手やけど」

どうせナンジョの宿題なら、なんとでもなると思っていた。

「店じゃなくて、ヤダ君の部屋で教えて。きっといろんな参考書あるんやろ」

この言葉を聞いた瞬間、ヒデキはいろいろなことを何通りも妄想した。

「なに、エッチなこと考えてるん？　勉強教えてもらうだけやからね」

ヒデキは顔が真っ赤になった。そんな顔に出てしまっていただろうか。確かにヒデキは参考書オタクなところがあった。家に戻れば、ほとんどのことに対応できる参考書があるはずだ。ただ、女の子とつき合っていることを母親に知られたらまずいと思い、一瞬焦った。そうでなくても、母親は「パクッといかれる」のを心配しているし、まして自分は受験生の身分である。

そんなとき、ヒデキは悪知恵が働く。水曜は母親も、マサキも帰りが遅い。

「次の水曜でええ？」

「明日じゃあかんの？」

「週末は、おとんがいて煩《うるさ》いし、弟も最近、受験勉強始めたからな」

「月曜と火曜は？」

「友達と勉強会やねん」

嘘が下手な割に、とっさにこんなにすらすらと言葉が出てきたのには自分でも驚いた。

「わかった。じゃあ、水曜ね」

思ったよりエミは素直だった。

水曜までに地歴部の誰かにこのことを相談しようと思ったが、最近は受験勉強のためか誰も部室に寄り付かない。帰り道が一緒のユモトも参考書ばかり読んでいて相談しづらい。コウは話くらいは聞いてくれそうだが、恋愛面においては頼りない。

そうこうしていたら、水曜がやってきた。

「おじゃましまーす」

エミはボーダーのブラウスにピンクのジャケットを着てきた。

カワイイ。ヒデキはこれから起こるかもしれないことを期待しながら部屋に招いた。部屋に入る頃には、ヒデキの心臓は相当な高鳴りを見せていた。

だが、一方のエミはすぐに、「これ」と宿題を渡してきて、いたっていつもどおりであった。

宿題はエミの苦手な数学だった。これなら別に、ヒデキの部屋の参考書がなくてもできた。しかしそれ以上に、大学の付属校の高3でこんなに易しい問題をやっているのかと面食らうようなものだった。

「うちの学校は進学が厳しくて、下から3分の1は落とされて、別の大学に出されるねん。私も数学以外は大丈夫やと思うんやけど、どうしてもベクトルがわからへんねん」

ヒデキはもちろん解法パターンをバッチリ覚えていた。すらすらと解き、説明していった。

「すごーい」と言われるたび、ヒデキはニヤついてしまう。

「やっぱり灘は違うわ。ヤダ君は理Ⅲにいくんやろ」

「多分な」

「私、お医者さん好きやねん。うちのおじいちゃんもお医者さんやったし」

そう言いながら、エミはヒデキの肩に頭を寄せてきた。

「どうしたんや」

「別に」

エミの父親はドラ息子だったのかもしれないと思うことで冷静を保とうとしながらも、ヒデキにもたれかかるそのぬくもりが心地よかった。うっすらとしたいい匂いまで漂ってくる。生まれて初めて、女性というものを感じた。

「キスしてええ?」

いきなり、ヒデキは聞いた。

「えっ?」

「いやその」

「まだあかん」

「やっぱそうやな」

奥手のヒデキは諦めも早い。

「理Ⅲ入ったら、東京に遊びにいくから、そのときな」

どこまでも思わせぶりなエミだが、ヒデキはもうゲットされたも同然だった。

というのも、ヒデキの下半身はすでにカチカチに硬くなっていたからだ。

「わかった、頑張るわ」

「頑張って」

しかし、キスもできないことがわかると、すぐに自分が臆病者に戻っているのも自覚した。

そして、2時間もかからずに宿題を終わらせると、親が帰ってこないうちにヒデキはエミをさっさと駅まで送って帰したのだった。

「理Ⅲに入ったら」という約束通り、その後もエミとはそれ以上の進展はなかった。

ヒデキ自身も「東京に行ってからや」という割り切りもあってか、だんだんとエミのところに通う頻度は減っていった。スケベ心はもちろんあったが、エミはもともと第一志望ではなく、のぼせあがるほどの好みではなかった。

結果的には、ヒデキの勉強の邪魔にならなくてよかったのだろう。ただ、本心からそう思えていたかは別ではある。

そのきっかけとなったアキモトには、東大の過去問を始めさせていた。過去問は力試しのために受験間際になってやるものと思っていたアキモトに「過去問は課題発見のツールだし、あと何点で合格というのが見えるから励みになるやろ」とヒデキは勧めた。

アキモトは東大理系の過去問にチャレンジした。

「200点はなんとかなりそうや」

「あと5か月あるから、40点ならアップできるはずや」

ヒデキは励まし続けた。

ヒデキ自身の受験勉強のほうもここまで順調だった。国語は相変わらずできないままだったが、漢文と漢字でどんなに悪くても19点は取れる。悪くても295点のラインはキープできそうだ。

ただ、共通一次の足切り点が何点になるかわからない。国語で170点以上取れるようになっていたので、社会科で170点取れれば、ミスがなければ940点というのがヒデキの読みだった。

しかし、足切りが950点と言うやつもいる。ただ、上位300人全員が理Ⅲを受けるわけではない。文Ⅰや京大の医学部を志望する人もいる。いくら問題が簡単でもそんなことはあるわけがないとは思っていた。

それでも930点はいくだろうという不安はあった。これは、数学と理科の2科目もノーミス、つまり満点、でないと取れない点だから、かなりハードルが高い。

社会科については、覚えることが少なく、新聞を毎日読んでいることで予備知識のある地理と政経を選択した。予想問題集をやってみると、政経はコンスタントに9割近く取れるが、地理が問題によって変動が激しく、8割いかないときもあった。

「まっ、なるようにしかならんわ」

そんな折、東京の河合塾が冬休みに行う東大講習の宣伝を見つけた。

これに行かないと東大の傾向がわからないと親を説得して、受けることにした。

この講習は、東大オープンの問題と実際の受験生の解答を使って、どんなところでミスをしやすいかを解説するものだったが、それなりにためにはなった。しかし、やはり国語はチンプンカンプンだった。

このとき、事前に東京見学ができたのはよかった。父親が中野に単身赴任していたこともあって宿代がタダだったので、少し長めに東京にいることができた。

相変わらず見栄っ張りの父親は、ヒデキのいる間は早く帰ってきて、近所の小料理屋に連れて行ってくれた。そこのママやなじみの客に「こいつ、東大の医学部受けまんねん」と言いふらしていた。

理Ⅲという言葉も知らないようだが、ビール一杯で赤くなって「親戚中で初めての医者や」と周囲からの目もおかまいなしで自慢を続けていた。

ヒデキにとって憧れの映画館であった、池袋の文芸地下にも行くことができた。中野からわずか15分で、名画が毎週見られると思うと血が騒いだ。

父親のアパートの近くに中野ひかり座といういかにもレトロなポルノ映画館も見つけた。そこでは伝説の名作『桃尻娘』をやっているではないか。

さらに、以前から行きたかった神保町の古本屋街にも行った。映画の専門店もあって、古い映画のポスターが500円くらいで売っていた。一方で、古い雑誌の専門店もあって有名女優のヌードが載っている『プレイボーイ』や『平凡パンチ』も売っていたが、2000円以上したのでヒデキには手が出なかった。

「理Ⅲに入って家庭教師でもやったら余裕で買えるで」

この頃、ヒデキは「セックスをしたら結婚させられる」との母親の言葉を、完全に信じていた。そのため、エミを東京に呼ぶかどうか、真剣に迷っていた。

その一方で、ひょっとしたら、理Ⅲに入ると、もっとヒデキ好みの女性と出会えるかもしれないという思いにも悩まされていた。


年が明けて、1月13日、14日の2日にわたって第一回目となる共通一次試験が行われた。

大きなミスはなかったが、国語も社会も170点程度に終わり、予定より高い点も取れず、927点に終わった。ただ、平均点も最高点も予想されたほど高い点にはならず、足切りにはかからないこともわかった。ひと安心である。

やはり公立学校の生徒たちは共通一次対策の時間を十分にとれていなかったのだろう。くだらない入試改革をやって割を食うのは、受験弱者のほうなのだとヒデキは皮肉に思った。

ところが、ものすごく慌てている男が灘にもいた。

「やってもうた、やってもうた」

天才のサワイである。

なんでも数学で問題が易しすぎて勘違いしたり、物理で解答を書く場所を間違えたり、なんと860点しか取れなかったというのだ。

試験というのはこういうことがあるから恐ろしい。問題が易しいことは公立学校の救済にはならず、賢いやつのミスを誘うことは往々にして起こる。これこそ国家の損失ではないのか。

とりあえず自分がそうならなかったことにはほっとした。

サワイは、二期校もないし、足切り覚悟で理Ⅲに出すという。

しかし、新制度は受験生を慎重にさせるのだろう。ふたをあけてみると理Ⅲの出願数は定員の3倍を超えなかった。つまり、足切りがなかったのだ。

足切り点が高くなることが予想されたうえ、京大が共通一次の配点が高いため、点数の高い人間が京大医学部に流れたようだった。

どうしても東京に移り住みたくて、浪人したくなかったヒデキは、慶應の医学部と経済学部も併願して受けた。経済学部を選んだのは社会科と国語がなく、英語と数学と小論文で受けられたからだ。数学は満点だったし小論文もドンピシャのテーマでよく書けたので、これなら首席合格ではないのかとうぬぼれたほどだ。

慶應の医学部の受験では、ヒデキはサワイのことを笑えないミスをした。数学の一番簡単な問題で勘違いして40点をまるまる落としたのだ。問題は易しいが合格最低点の高い慶應医学部ではこれは致命傷だ。

ヒデキは肝に銘じた。

本命の理Ⅲでミスは許されない。

いよいよ東大の本番である。

慶應でのミスの件で気を引き締めたのがよかったのか、東大の入試本番は普段よりできた。数学も小問を1問落としただけで、物理は満点、化学も小問を1問落としただけ。ヒデキにとって幸運だったことに国語は論説文が出たので、現国でも点が取れた。また首席じゃないかとうぬぼれた。

ヒデキはとにかく勢いに乗っていた。慶應もなぜか一次試験はクリアした。だが、東大入試のあとにあった慶應の二次試験は受けなかった。面接のときに「慶應と東大に両方受かったらどっちに入るか」と聞かれるからだ。形式的なものでも嘘をつくのは嫌だった。

「どうせ、東大に受かっているはずや」

そう開き直って、慶應の二次を受けるのは止めにした。

そんなことより、その日は大阪の東梅田シネマで増村保造監督のオールナイト上映があった。そこで、『痴人の愛』の安田道代のコケティッシュな魅力を知り、譲治さん役の小沢昭一の名演技で、アホと言われても女に尽くす姿が自分の将来を予想させた。

3月11日は東大の合格発表の日であった。結果を見にヒデキは再び赤門をくぐっていた。ちらほら灘の同級生も見える。

合格発表の掲示板には、ヒデキの受験番号が並んでいた。理Ⅲに合格した。不思議なほど感激がなかった。

天才のサワイがはしゃいでいる。受かって当たり前のはずなのにガッツポーズの連続だ。共通一次の失敗で死の淵《ふち》をさまよったせいだろう。

サワイは喜びを分かち合おうと思ったのか、ヒデキに近づいてきた。

「ヤダ、お前も受かったんやろ。嬉しないのか」

「なんとなく当たり前すぎて」

「当たり前に受かるために勉強してきたんやろ」

「嬉しくないわけやないけど」

「もっと喜べや、理Ⅲやぞ、日本一の学部やぞ」

「そやな」

周りの目も、自分たちの幸せに水をさすやつと言わんばかりの雰囲気だった。

でも、そのくらい当たり前の合格だったのだ。

テクニックの通りやっただけだ。過去問で確実に点が取れるようになったら受かるのは当たり前としか思えなかった。ただ、それは自分が賢いからだとはとても思えなかったこともあって、喜びは薄い。自信はあったが、それでも落ちなくてよかったという安堵感《あんどかん》のほうが強かった。

灘校の東大受験の強さも目の当たりにした。

理Ⅲを受けた20人ほどの同期生がほとんど受かっている。なんとスケベのフジヤマも受かっていた。

「やったでぇ！」

大阪弁で喜ぶ姿は、周りの受験生の反感を買っただろうが、フジヤマはそんなことにはおかまいなしにはしゃいでいた。

するとアキモトがヒデキを見つけて声をかけてきた。

「見にきてたんや」

「俺も理Ⅰ受かってん！　ヤダもやろ？」

「もちろんや」

「さすがやな、ホンマにありがとうな」

テクニックの力で受かった「アホ」がここにもいる。

中1のときに、親が高学歴だった連中の成績が上がり、自分のような普通の親の子が成績が下がった謎がやっと解けた。

それは決して遺伝などではなかった。

親が受験のことを知っていれば、中1で中3までの勉強をやるという灘のカリキュラムを理解して、中1で子どもに勉強をさせる。受験の実態を知らない親を持っていると、灘中に入ったただけで浮かれてしまい、1年くらい遊ばせてあげようという親心に流されてしまって、それが仇《あだ》になる。

東大卒の子が東大に入るのは、遺伝でなく「テクニックの伝承」なのだ。

ヒデキは灘に入ることによって、その伝承に「横入り」した。

そんなことを思っていても、赤門を出たあたりから、ヒデキにも東大生になる実感で少しずつ嬉しさがわいてきた。

すると、本郷三丁目の駅に向かう途中、前方に見覚えのある背の高い男がのそのそと前を歩いていている。

コウだ。

「お前もやっぱし受けたんか」

「あ、ヤダ君。理Ⅲ受かったんだってね。おめでとう」

「ありがとう。コウはどうやった？」

「早稲田に行くことにしたよ」

あれだけ地頭のいいコウが、友達が少なく、自分のやり方で勉強をしていたせいで、おそらくは灘の必勝テクニックを使えなかったのだろう。

コウはヒデキとは比べものにならないほど天才だった。つまり、受験は頭のよさでなく、テクニックを知っているかどうかで決まる。

そう思うと、自分の合格が素直に喜べなくなる。


大阪に帰ると、母親と弟がささやかなお祝いをしてくれた。

関西のお祝いの定番ビフテキだ。

「お兄ちゃんは、ヤダ家の誇りや」

「将来はお医者さんやね」

母親もうれしくてビールを飲み、未成年のヒデキにも注《つ》いでくれた。

ヒデキにはまだまだ大人の味だった。

その夜、マサキがなにやら言いたげにヒデキの寝室に入ってきた。

「お兄ちゃん」

「なんや」

「僕、京大の哲学に行きたいねん。それでやねんけど、僕が成績が悪いのは、僕が頭が悪いからやなくて、学校の勉強のやり方が悪いからやと思う。そやから、灘の勉強のやり方を教えてほしいねん」


マサキの通う学校からは、京大に年に一人ぐらいしか入らない。東大にいたっては数年に一人だ。マサキの成績では関関同立が関の山だろう。

この日ばかりは「どれだけ厚かましいんや」とは思わなかった。


「ええで。でも志望校は変えろ」

「えっ、でもこれ以上下げたくないわ」

「あほ、灘のやり方と言うた以上は、灘のやつらが行く学校を目指さんと無意味や。僕は京大の対策はよう知らん。でも、東大の受験対策のやり方はわかってる。だから、東大を受けるんやったら教えたる」

「えっ、東大！」

「受験というのは合格者の最低点が取れれば受かる。志望校によって対策が違うのは当たり前の話や。京大より東大のほうがテクニックが確立している。それでええか？」

「わかった」

「まず、数学やけど、お前ができへんのは自分で問題を解こうとするからや。お前は俺より物覚えがええからとにかく、数学の問題の解法パターンをなるべくたくさん覚えろ」

「信じてええんやな」

「僕もそのやり方でやったから合格できたんや」

その後、ヒデキのマサキへのアドバイスは2時間にも及んだ。マサキは自分なりに合格へのイメージをつかんだのだろう。

「なんか受かる気がしていた。僕、東大に行くわ」

「よし、お前が東大入ったら、東大生兄弟で漫才やろ。芸名は考えてある『文Ⅰ・理Ⅲ』や」

「文Ⅰって?」

「法学部や。哲学じゃ食えんぞ。ほれ、ライバル、ライバル、ライバル、ライバル」

「ライバル、ライバル、ライバル、ライバル、ライバル」

「エスカレーターのライバルは?」

「ドツカレーター」

「アホ」

ヒデキはマサキをどついた。

「えっ？　ツカレーター、やろ」

「ホンマや」

入学式を控え、引っ越しのため早めに単身東京に向かったヒデキは、新幹線の中でぼんやりと車窓を眺めていた。

あと1週間もすれば東大生である。

受験のときは、富士山を見ると落ちるという迷信を信じて、浜松を過ぎたあたりからは窓の外を見ないようにしていたのだが、今回はしっかりと見た。

新幹線の窓から見える富士山は美しかった。

「落ちなくてよかった」

それが心からの本音だった。

因果応報と言うべきか、ヒデキをいじめた連中はほとんどが落ちた。

カツタは夏休みの図書館での勉強の甲斐虚しく、東大はおろか早稲田も落ちたらしい。親からのプレッシャーというのは怖いものだ。

金もコバも志望の大学には受からなかったようだ。

ただ、地歴部の連中の成績も必ずしも芳《かんば》しくなかった。賢いはずのヨリスギとヤマダが落ちたのは意外だった。麻布からきたケイジロウはよほど関西が気に入ったらしく京大に行った。

ヨシカワ君は順当に文Ⅰに合格。イケヤマは理Ⅰに、メガペチャは文Ⅱに入った。ヨシカワ君はともかくとして、アホそうに見えて意外にみんな賢いんだと感心した。

灘の秀才たちはというと、ニシサワ先生もサワイもイウエもみんな順当に合格した。

こういう本物の秀才が入るから東大は強いのだろう。


東京が近づくにつれ、ヒデキは胸が重苦しくなってきた。

自分や灘の連中の多くはテクニックで東大に入ったけれど、おそらく理Ⅲにはすごい秀才が集まっているだろう。

東大受験には合格したが、自分には何の才能もないことにはまったく変わりがない。

受験勉強という「時間潰し」で、自分の才能のなさからつかの間目を逸《そ》らすことができただけだ。

東大に入ったら入ったで、勉強しか取り柄がない人間が、また何の取り柄もない人間に逆戻りするだけの話だ。

これから、またそんなさえない自分と向き合っていかないといけない。

憧れの映画だって、本当に撮れるかどうかはわからない。

「十で神童、十五で才子、二十過ぎればただの人」

自分も二十歳過ぎればただの人になるだろう。

それでも、周囲の人たちは灘出身、東大理Ⅲ合格というと「すごい」と言うに違いない。

でも、それはただ灘にいたから、テクニックを身につけることができただけの「ペテン師」のようなものだ。他の学校にいれば、東大なんかに入れるわけがない。

新幹線の速度が徐々に落ちていくなか、ヒデキの青春のひとつである深夜放送から流れていた、かぐや姫の歌が頭でリフレインする。

そうさ男は人生のペテン師だから
このいつわりもいつの日にか
ありふれた想い出にすりかえるのさ

【了】

和田秀樹
（わだ・ひでき）

1960年大阪府生まれ。東京大学医学部卒。東京大学医学部附属病院精神神経科助手、米国カール・メニンガー精神医学校国際フェローを経て、国際医療福祉大学心理学科教授。川崎幸病院精神科顧問。和田秀樹こころと体のクリニック院長。「I&Cキッズスクール」理事長。一橋大学経済学部非常勤講師。27歳のときに執筆した『受験は要領』がベストセラーになり、緑鐵受験指導ゼミナール創業。製作・監督した『受験のシンデレラ』はモナコ国際映画祭で最優秀作品賞（グランプリ）を受賞し、『「わたし」の人生 我が命のタンゴ』もモナコで4部門受賞、『私は絶対許さない』でインドとニースの映画祭で受賞するなど、映画監督としても活躍している。著書多数。本書は灘校時代の本人の体験を元に書いた初小説である。

灘校物語

2019年12月20日　初版第1刷発行

著者　和田秀樹
編集・発行人　穂原俊二
発行所　株式会社サイゾー
〒150-0043 渋谷区道玄坂1-19-2-3F
TEL03-5784-0790
FAX03-5784-0727
印刷・製本　株式会社シナノパブリッシングプレス
DTP　inkarocks
JASRAC 出 1912335-901
ISBN978-4-86625-124-0 C0093